Varia / Feltrinelli

Feltrinelli

michele
serra

breviario comico

a perpetua memoria

Prima edizione in "Varia" giugno 2008

ISBN 978-88-07-49071-2

2002

L'anno dell'euro, di quando,
stabilito che i terroristi venivano dall'Arabia Saudita,
gli americani decisero di attaccare l'Afghanistan,
dello scontro fra civiltà, del processo a Previti,
di quando anche in Italia si schiantò un aereo su un grattacielo,
dei primi ospiti di Guantanamo,
di quando l'arbitro Moreno arbitrò
e la Moratti cominciò a pensare di riformare la scuola,
del dibattito nella destra, della Cirami, del gossip,
di quando in Val d'Aosta venne ucciso un bambino,
di quando rientrarono i Savoia,
di quando padre Pio fu fatto alla svelta santo.
E di quando frate Indovino morì semplicemente frate.

Padre Pio

Un'équipe di studiosi ha classificato tutte le apparizioni di padre Pio (a partire dalla prima e più celebre, quando il frate apparve sulla porta di casa sua per aprire al portalettere). Il volto del santo si è materializzato prevalentemente sui piatti con la sua effigie acquistati a San Giovanni Rotondo: non si contano le persone che hanno riconosciuto distintamente il volto di padre Pio sui piatti raffiguranti il volto di padre Pio, cadendo in trance. Frequenti, ma poco attendibili, anche le visioni di padre Pio nei piatti di papa Giovanni e Lady Diana: in accurati esperimenti di laboratorio, è risultato che i volti di papa Giovanni e Lady Diana, qualora semicoperti nel piatto da una forchettata di spaghetti, possono essere confusi con un'immagine barbuta, dunque con padre Pio. Frequente anche l'equivoco con le fotografie di Fidel Castro. Ugualmente dubbie sono le apparizioni segnalate dalle massaie negli sgabuzzini delle scope. Molte delle scope in commercio, specie del tipo "mocio", in penombra possono ricordare la fluente barba del santo (il forte profumo di rose che accompagna la visione sarebbe simile a quello di Vetrella, Bref, Emulsio Facile e altri detersivi molto diffusi). Dello stesso tenore, e dunque piuttosto sospette, le apparizioni di padre Pio nelle cassette di seppie delle pescherie, sugli scogli guarniti da alghe, tra le stalattiti delle grotte di Castellana e in quei siti che presentano formazioni pendule e striate.

La chiesa, per evitare equivoci, ha ricostruito al computer un volto di padre Pio senza barba. Ma il risultato era identico a Johnny Dorelli, e per evitare di alimentare un culto di Johnny Dorelli le autorità ecclesiastiche hanno tenuto nascosti i risultati dell'esperimento. Ancora una volta, di fronte alla fede popolare la chiesa è in difficoltà. Come distinguere la credulità del primo babbeo di passaggio da quella del secondo babbeo di passaggio? E come spiegare che quasi tutti gli avvistamenti sono a tutt'oggi opera di pastorelle, pur essendo la pastorizia estinta da più di un secolo? E soprattutto: come giustificare, di fronte al rammarico dei familiari, il fatto che il 90 per cento dei santi non appare in alcuna apparizione, o addirittura, come nel triste caso di san Crispino, appare ma non viene riconosciuto ed è allontanato a male parole dai presenti, che aspettavano padre Pio? Quest'ultimo punto, molto dolente, viene ormai riconosciuto dalle autorità ecclesiastiche come un vero e proprio problema di democrazia interna. Dai dati ufficiali, risulta che il duopolio Maria-padre Pio ha monopolizzato il 99 per cento delle apparizioni, lasciando alle minoranze solo le briciole. I devoti dei santi minori si sono costituiti in comitato. Tra le richieste più significative, si esige che padre Pio lasci libere almeno alcune delle frequenze destinate alle apparizioni. Oppure, come seconda scelta, che una percentuale dei volti di padre Pio venga attribuita d'ufficio ad altri santi, a rotazione.

Destra estrema

Dopo la clamorosa presa di posizione di Fini, che ha perdonato ufficialmente gli ebrei a nome dell'Italia per la loro renitenza alle leggi razziali, la galassia post-fascista s'interroga. Il dibattito si coagula attorno alle questioni decisive della modernità. Ecco le principali posizioni.

Donna Assunta Almirante

Chiamata "donna" per facilitare la distinzione dal cantante heavy metal Ozzy Osbourne, al quale assomiglia moltissimo, è ancora molto amata per la sua energia e molto temuta per le violente borsettate che assesta a chiunque la contraddica. Punto di riferimento dei tradizionalisti, considera sbagliatissimo togliere la Fiamma dal simbolo e servire il dessert insieme ai formaggi. La sua presa di posizione più recente è la richiesta di riunire d'urgenza il Gran Consiglio per studiare le contromosse allo Sbarco in Normandia.

Uomo Mirko Tremaglia

Chiamato "uomo" per distinguerlo da donna Assunta Almirante, alla quale assomiglia moltissimo, l'anziano combattente di Salò è ammirato anche dagli avversari politici per la coerenza indefettibile: la sua scorta è ancora formata da un plotone d'esecuzione del 1944, anche se Tremaglia non ricorda bene se doveva dare l'ordine di fucilazione o doveva essere fucilato. Personalità antica, il senatore è però capace di notevoli salti in avanti: il suo europeismo è tra i più radicali, prevede l'annessione all'Impero di tutti gli stati membri e l'invasione militare della Svizzera.

Teodoro Buontempo

Molto sostenuto dalla base, meno dall'altezza, è l'indiscusso leader della destra sociale e popolare. Disprezza le mollezze borghesi della sinistra intellettuale, e pratica le schiette e rudi tradizioni delle borgate, dal festoso urlo di richiamo nella tromba delle scale all'amplesso in canottiera traforata. Qualcuno dice che è solo una posa, e che Buontempo parla sette lingue, veste nelle migliori sartorie di Londra e sta preparando un melologo teatrale sulla vita di Debussy. Se è una posa, è comunque molto ben riuscita: in un recente incontro a Frascati, le comparse di un film di Sergio Citti hanno abbandonato la trattoria disgustate dal comportamento di Buontempo a tavola.

Gianni Alemanno

Ministro dell'Agricoltura molto apprezzato anche dalla sinistra che ama il biologico: sua la proposta di legge europea per il riconoscimento dell'olio di ricino Doc imbottigliato all'origine, senza conservanti e con un somministratore graduato (forse un tenente degli Arditi, forse un maresciallo dei carabinieri). Come Buontempo, Alemanno è di quella destra così sociale che sembra quasi di sinistra: ecologista convinto, ha allo studio un remake della Marcia su Roma con autoveicoli elettrici.

Marcello Veneziani

Ossimoro vivente: intellettuale di destra. Perseguitato a sinistra perché di destra, e a destra perché intellettuale, teorizza, come risposta alla globalizzazione, il ritorno alle radici occidentali: ginseng no, rabarbaro se ne può discutere, radicchio e dente di leone sì. Il suo rivale interno è il toscano Franco Cardini, cattolico medioevalista, suggestionato dall'Oriente e dall'Islam, studioso di Averroè e maestro di danza del ventre, grande teorico del sincretismo spirituale: sua la ricetta della ribollita di cuscus.

Alessandra Mussolini

Impegnata nelle battaglie femministe, ai tempi del nonno sarebbe stata mandata a Ventotene a organizzare corsi di economia domestica per confinate. Quando le hanno spiegato che An non sta per Azione nipoti, ha deciso di fondare un partito transnazionale con Gudrun Hitler, Dolores Pinochet e Francisca Franco. Ma intrattiene rapporti cordiali anche con la sinistra: è amica personale di Quo Tse-tung (uno dei tre nipotini di Mao) e della cambogiana Paula Pot.

Altero Matteoli

È della corrente di Altero Matteoli.

Aprile

Finalmente individuata una sede idonea per il processo Imi-Sir. Escluse per manifesta ostilità ambientale tutte le città italiane (in ciascuna delle quali Cesare Previti sta sulle balle a qualcuno), la scelta è caduta sul minuscolo villaggio altoatesino di Seppwald, dove nessuno conosce Previti e quando vedono la sua foto tutti ridono credendo sia uno scherzo. Ottimi i requisiti politici per garantire a Previti un processo equo: a Seppwald, l'unico comunista scomparve misteriosamente nel dopoguerra durante la Fiera delle affettatrici per speck. L'amministrazione è di centrodestra, formata da una coalizione di ex Esse Esse e di casalinghe integerrime con i gerani al balcone (le Esse Esse rappresentano il centro).

La prima udienza viene sospesa per cause tecniche: Previti non capisce le domande in tedesco del pretore, e una mucca ostruisce l'ingresso dell'aula. Si trova con urgenza un interprete: riesce a intendersi con la mucca, che si sposta, ma non con Previti, che gli comunica a gesti di non capire la traduzione in italiano dei numeri di conto corrente svizzeri. Il processo è nuovamente sospeso.

Maggio

Una legge-quadro del governo (detta "legge Schifani" anche se Schifani non l'ha scritta, però l'ha decorata di cuoricini fatti col pennarello) parifica giustizia pubblica e privata, istituendo le pay-procure. Davanti al neonato Libero Tribunale "Cesare Previti" di Portofino, Cesare Previti ricusa il posteggiatore e parcheggia direttamente nell'atrio. Con un incalzante interrogatorio, mette in seria difficoltà i giudici, incapaci di spiegare perché non sono membri della Canottieri Lazio e perché nessuno di loro ha sposato la di lui sorella, pur avendone piena facoltà. Memorabile arringa conclusiva dell'imputato, intitolata *Perché il processo Imi-Sir deve considerarsi illegittimo?* Lo svolgimento del tema è: "Perché sì". Giuristi di tutto il mondo non riescono a trattenere la loro ammirazione per la concisione e l'acume dialettico dell'ex imputato.

Giugno

Cesare Previti, definitivamente prosciolto e restituito ai suoi effetti, concede una clamorosa intervista a "Panorama", dove spiega quanto calunniose e persecutorie fossero le imputazioni mossegli per il caso Imi-Sir: "Non ho mai conosciuto Guido Imi, e Abel Sir era solo un conoscente di mia moglie".

Luglio

Il ministro della Giustizia Castelli si dimette per protesta: il Consiglio superiore della magistratura rifiuta la nuova denominazione di Consiglio inferiore (o, in alternativa, Suggerimento medio), offendendo gravemente il governo. Il nuovo ministro Cesare Previti stabilisce la separazione delle carriere fra magistrati e uscieri. Funziona così: ci si può laureare in legge, vincere il concorso e perfino aprire un'inchiesta. A partire dal giorno dopo, si diventa uscieri.

Agosto

In vacanza in Costa Smeralda, nella villa di Berlusconi chiamata Nocciolo Duro (confina ai quattro lati con altre quattro ville di Berlusconi), Cesare Previti prepara la bozza della nuova legge per abbreviare le vergognose lungaggini del processo penale. Accertato che a indignare i cittadini è l'interminabile attesa della sentenza, viene eliminata la sentenza, evidente anello debole della catena.

Settembre

Previti invita Francesco Saverio Borrelli da Fortunato al Pantheon, per una cena pacificatrice nella tradizionale e simpatica tavolata dove vive e pernotta Lino Jannuzzi (è un tavolo-letto dell'Ikea, con i ceci della pasta e ceci trasformabili in fiches da poker). Borrelli rifiuta l'invito. Il ministro Previti lo fa arrestare per resistenza, resistenza, resistenza a pubblico ufficiale.

Sanremo non è sola

Contrariamente a quanto si crede, il Festival di Sanremo non è una manifestazione unica al mondo. In diversi altri luoghi della Terra si disputano concorsi musicali assai simili, meno reclamizzati per ragioni di decoro pubblico e a volte osteggiati dai governi per il danno arrecato all'immagine del paese. Questi i principali.

Festival di Pechino

È l'appuntamento più prestigioso della musica popolare cinese. Fino a qualche anno fa dominava la tradizione, di solito brani per voce e gong dedicati alla fioritura dei ciliegi. Durante la Rivoluzione culturale i dirigenti comunisti imposero significative innovazioni, introducendo nell'orchestrazione anche i timpani e imponendo che il tema della fioritura dei ciliegi venisse fortemente riformato: nel 1970 vinse infatti la canzone *La fioritura dei ciliegi è molto più intensa da quando operai e contadini si tengono per mano*, interpretata dai Poveri e Poveri. Ultimamente, grazie alla sterzata liberista, si cerca di andare incontro ai gusti internazionali: le canzoni cinesi classiche non erano esportabili perché all'estero venivano scambiate per istruzioni per il montaggio dei radiatori. La manifestazione è diventata la vetrina della nuova economia, e i brani sono contraffazioni quasi perfette, e a bassissimo costo, delle canzoni occidentali più famose. Grande successo per *'O sole tuo*, *Una lacrima sul riso* e *La bela Ji-gu-jin*. Il gong è stato sostituito dal computer, che ne riproduce fedelmente il suono.

Festival di Parigi

Ormai semiclandestino, si disputa in un localino della Rive Gauche tra gli ultimi esistenzialisti vestiti di nero, che cantano a bassissima voce, in penombra, i brani minori degli chansonnier scomparsi per cirrosi epatica. È qui che sono stati lanciati *Le foglie morte*, *L'ultimo autunno*, *Un cimitero in Normandia*, *Ti ho perduta per sempre* e altri celebri brani della canzone d'autore francese. Famoso lo scandalo del 1956:

Charles Trénet venne allontanato dalla rassegna perché gli spettatori delle prime file riuscivano a udire distintamente quello che cantava ed ebbero la netta impressione che fosse felice. A termini di regolamento, scattò la squalifica.

Festival di Ulumabe

Scoperto da Lévi-Strauss fra le tribù antropofaghe del Borneo, è un'impressionante esibizione di prestanza canora: vince chi riesce a urlare più forte, dentro una enorme conchiglia, minacce e insulti contro i clan avversari. Nel 1983 trionfò a sorpresa Mario Merola, che riuscì a far fuggire, terrorizzato, l'idolo locale Mulele, un capo antropofago che si è poi rifatto una vita diventando avvocato matrimonialista in California.

Festival di Nashville

È il trionfo della tradizione country americana. Vietato ai negri e agli omosessuali (ma ultimamente, dopo una dura polemica, aperto alle donne), si disputa nel locale bowling tra cantanti rigorosamente rispettosi della Old Rule (la Vecchia Regola): indispensabili la giacca di pelle bianca con le frange, gli stivaletti argentati e la faccia da stronzo. I brani, tutti per banjo, banjo tenore e voce, rievocano la vita semplice e i valori forti del cuore profondo della nazione. Tra i più gettonati, *La buona vecchia torta di mele di mia madre*, *Il buon vecchio Winchester di mio padre* e *Non capisco perché mio figlio si droga.*

Festival di Innsbruck

Tutto il fascino delle valli alpine, nella cornice del suggestivo Palazzo Strudel, echeggia in questa manifestazione ritenuta – ed è una vera fortuna – unica al mondo. Cori di mungitori, stagionatori di formaggi, raccoglitori di genziana e impagliatori di sedie (in rappresentanza delle quattro Consorterie che ancora reggono le sorti del Tirolo) si sfidano intonando le polifonie tradizionali, da *Ioli-ioli-ho* a *Aili-Aili-là*, accompagnandosi con la danza degli schiaffi e soffiando nei lunghissimi corni di montagna, che hanno l'imboccatura nel salone delle feste e la tromba terminale nel parcheggio degli autobus. Gli idoli locali erano i fratelli Hoenschwantzen, periti in un incidente di funivia e vanamente emulati nell'ultima edizione da una muta di cani da slitta.

Festival dei Giardini Vaticani

Rassegna dei nuovi cantautori cattolici, che eseguono per il papa le loro composizioni, efficace esempio di fusion tra la pullman-music e i testi degli ex voto. Tra i maggiori successi, *Non ti abbronzare* e *Mortìficati*: quest'ultimo ha avuto buona diffusione anche tra i gruppi punk più estremi della scena londinese. Obbligatori il giro di do nelle musiche, e la parola "letizia" nei testi. I medici curanti di papa Wojtyla attribuirono la sua malattia alla sua presenza al Festival.

Persecuzione dei cristiani

La persecuzione dei cristiani in Europa, e specialmente in Italia, è un fenomeno in forte crescita. Il presidente del senato, Marcello Pera, in una dura nota d'agenzia ha recentemente denunciato l'odioso fenomeno della toccata di coglioni quando passa una suora, e ormai non si contano più le petizioni di quartiere contro il suono delle campane a martello all'alba, specie da parte di cittadini che hanno la camera da letto adiacente alla cella campanaria. L'intolleranza anticlericale si è spinta a un punto tale che un anziano del quartiere Prati, a Roma, ha denunciato il parroco perché le vibrazioni del festoso scampanio sono così forti che gli fanno cadere la dentiera dal comodino. Preoccupante episodio anche nel cattolicissimo Veneto, dove un sindaco di centro-sinistra ha invitato l'arciprete a cambiare campane con la scusa, evidentemente pretestuosa, che quelle appena installate intonavano ventiquattro volte al giorno *Ricominciamo* di Adriano Pappalardo.

Ma la prova più evidente della condizione di soggezione e minorità dei cristiani italiani sta nel fatto che i cristiani stessi negano di sentirsi perseguitati: segno di quanto l'egemonia della cultura giacobina li abbia condizionati, se non atterriti. È toccato così a un gruppo di intellettuali liberali, come Marcello Pera, Ernesto Galli della Loggia, Giuliano Ferrara, Angelo Panebianco, Franco Califano, lanciare l'allarme. La loro presa di posizione è ancor più significativa se si considera che, chi più chi meno, si tratta di non cattolici, in genere dediti alla bigamia, al nudismo, al backgammon, alle corse in macchina e alle barzellette sulle missionarie. Ha destato impressione il fatto che il loro documento congiunto, *Le radici cristiane dei ristoranti di piazza Farnese a Roma*, sia stato stilato (pare dal presidente del senato in persona) in coda a un festino privato con baiadere, levrieri afghani, tartufo, ventagli cinesi sventolati da cinesi, i dischi di Kylie Minogue e la tivù accesa su una televendita di idromassaggi.

La chiesa è divisa. I gesuiti buttano acqua sul fuoco, sostenendo che parlare di persecuzione anticristiana è esagerato, ma che sui terreni del Seminario della Santa Passione – diciotto ettari accanto al Gianicolo – grava effettivamente un'ipoteca in loro favore. Le Edizioni Paoline guardano con prudenza al movimento guidato dal professor Pera, e pare che abbiano rifiutato, su suggerimento dell'ufficio legale che teme accuse di plagio, il nuovo saggio di Galli della Loggia *Perché non possiamo non dirci cristiani*. Possibile, invece, che le Paoline diano alle stampe la raccolta degli editoriali di Angelo Panebianco sul "Corriere" in una bellissima edizione per bambini, illustrata da Licia Colò. Segreta la posizione dell'Opus Dei. Decisamente al fianco del Gruppo Lib-lab (liberali e labari) i cattolici tradizionalisti, dal Gruppo Lepanto (che propugna la ripetizione della battaglia: alcuni vascelli turchi erano palesemente in fuorigioco) agli Schützen della Val Passiria, sostenitori della natura divina dello speck e delle evidenti origini bavaresi di Gesù.

Nel frattempo, gli inediti schieramenti politico-culturali hanno portato a profondi cambiamenti nella stampa italiana. Sul "Foglio" di Giuliano Ferrara le rubriche dei ciellini, fino a ieri ospitate accanto a rubriche sui pompini e alle digressioni di Carlo Rossella sui bidet dell'hotel Carlton, saranno maggiormente protette, e pubblicate in una pagina-preservativo incellofanata. Il "Corriere", perplesso sull'inserimento delle opere di Voltaire e Céline tra i libri da allegare al giornale, su suggerimento di Panebianco ha infine deciso di pubblicarle, ma nella nuova collana "I libri maledetti", con prefazione di un criminologo. "Repubblica" aveva realizzato un poderoso forum tra il suo direttore, il cardinale Ratzinger e Massimo Cacciari, ma purtroppo è andato perduto nel trasloco fra piazza Indipendenza e largo Fochetti. A causa del pesantissimo carico fissato approssimativamente, il furgone che doveva trasportarlo nella nuova sede si è ribaltato in curva.

La cinquina dello Strega

È stata resa nota la cinquina del Premio Strega di quest'anno.

Stenio Marcovitz, *La frontiera immobile* (Mondadori)

Ultimo nato della feconda scuola triestina, Marcovitz esordisce, settantanovenne, con un romanzo di formazione ambientato tra le due guerre. Quella di Crimea e quella di Libia. Il protagonista è Milko, un giovane ingegnere meccanico che ha inventato il motore a sei cilindri con intercooler quasi vent'anni prima della nascita dell'automobile. La percezione dell'inutile è acuita dal senso di spaesamento (Milko abita a Gorizia, ma ha la fidanzata a Codroipo e gli piacerebbe vivere a Udine), dalla coscienza dell'anacronismo, dalla incipiente crisi della società borghese e da una fortissima emicrania che perseguita Milko fin dalla nascita.

Bastiano Otis, *Io non lo so perché tu mi fai questo* (Baldini & Castoldi)

Ex maestro di snowboard, Bastiano Otis ha già arricchito gli scaffali del nuovo noir italiano con due titoli di successo, *Io non capisco* e *Undurubamba*, ritratti aspri e disincantati del mondo dell'happy hour. Nel suo terzo romanzo, il protagonista è Ivo, un bambino di otto anni che stermina la famiglia con la cerbottana. Lo salverà l'amicizia con un boss mafioso, conosciuto in carcere durante l'happy hour.

Artemia Cutrufo, *Prima del solito* (Rizzoli)

Dopo la Ferrante e la Mazzantini, un'altra storia al femminile che non arretra di fronte alla forza dirompente dei sentimenti e dell'eros. La protagonista, Osiride van der Eulenpetterson De Catarina, è una donna comune, travolta dalla fine del suo matrimonio con un vecchio pregiudicato alcolista. Il ricordo delle percosse del marito, che la picchiava con la sua protesi (ha una gamba di legno) e la costringeva a lavare la biancheria delle sue amanti, non inganna Osiride: lei sa che quello, e non altri, è l'amore fatale della sua vita. Lui però no, ed è da questa appassionante disparità di vedute che si dipana la trama dirompente del romanzo. Respinta la corte insistente di un miliardario trentenne identico a Warren Beatty, la protagonista insegue l'ex marito per tutto il mondo, trovandolo e perdendolo di nuovo nei bordelli di Hong Kong, nella bidonville di Kinshasa e all'Ikea di Casalecchio, mentre cerca di uccidersi gettandosi nella vasca delle palline colorate.

Aldo Di Giacomo, *La vita avventurosa di Ercole Crassi* (Cucchi & Bisi)

Funzionario Rai addetto al palinsesto notturno, Aldo Di Giacomo, già autore di diversi saggi sul gioco delle carte, esordisce nella narrativa con una convincente rievocazione dell'epopea di Ercole Crassi, il navigatore italiano rivale di Magellano che cercò di circumnavigare la Terra partendo dal Mar Caspio. Scritto a mano sul retro delle scalette Rai, il libro è una piacevolissima e arguta ricognizione sullo spirito d'avventura. Qualche perplessità ha suscitato la scelta di Di Giacomo di battezzare tutti i personaggi – dai marinai di Ercole Crassi fino agli indigeni Papua che lo eleggono sciamano –

con i nomi autentici degli uscieri Rai di viale Mazzini. Lo stesso Ercole Crassi, secondo insistenti *rumors* editoriali, non sarebbe un navigatore del XVI secolo, ma il centralinista non vedente dell'azienda.

Riforma della scuola

Con il nuovo anno scolastico gli studenti italiani troveranno importanti novità, primi frutti della riforma Moratti. Che, come si sa, è un coraggioso esperimento che fonde elementi apparentemente in contrasto: tradizione cattolica italiana e atmosfera da campus americano (la messa sarà in inglese, la comunione sarà somministrata con ostie Mc Donald's), taglio dei costi e miglioramento del servizio, licenziamento degli insegnanti e loro aumento di numero.

Simbolo di questa riforma saranno i nuovi computer con schermo di lavagna, identici a quelli normali ma senza tastiera: si scrive con il gessetto. Pesano trentotto chili però sono molto convenienti, la cava di ardesia che ha vinto l'appalto con il ministero si è impegnata a fornire anche il cancellino di pezza. Improbabile, in tempi stretti, l'introduzione dei più moderni computer a calamaio, più costosi e con il difetto di un fortissimo scricchiolio del pennino sullo schermo. Per ottimizzare il tempo, si comincerà a studiare già sullo scuolabus. La nuova figura professionale dell'autista-tutor (due ruoli, un solo stipendio) reciterà l'*Eneide* scandendo la difficile metrica latina col clacson. Cambia la vecchia figura del bidello: anziché con la tradizionale formula della scuola gentiliana, "ragazzi, non fate casino", il bidello-tutor accoglierà le scolaresche sottolineando le istanze motivazionali della giornata e promuovendo un corretto planning delle attività didattiche. Per svolgere meglio questo difficile compito, il bidello-tutor sarà protetto da guardiole antiproiettile.

Qualche polemica per le ore di inglese: sono state ridotte

da cinque a una sola, ma il ministero garantisce le altre quattro, a pagamento, a bordo di uno scuola-charter che atterra a Londra e riparte mezz'ora dopo. Sullo stesso modello, saranno differenziati l'orario di base, gratuito, e quello executive, a pagamento. Nell'orario di base le lezioni prevedono banchi, sedie e cartina geografica dell'Europa che penzola lacera dalla parete. Per avere anche l'insegnante si deve passare alla tariffa executive. Con la golden card, ogni studente avrà diritto a una merendina confezionata a San Patrignano e, durante le interrogazioni, a una telefonata a un numero verde. La palestra con la spalliera svedese e le pertiche, retaggio della vecchia scuola gentiliana, sarà sostituita da moderne gym-room con sauna, cyclette e solarium, basta pagare un abbonamento annuale all'American Contourella e uscire dalla scuola. Chi non vorrà affrontare la spesa potrà sempre ricorrere alla palestra scolastica tradizionale, con un precario-tutor che gli farà fare i piegamenti leggendo la "Gazzetta dello Sport".

Il preside-tutor avrà compiti speciali e straordinari: con un solo stipendio, sarà in grado di perquisire gli studenti tossicomani, aggiornare la bacheca, affrontare a mani nude le madri dei somari convinte che loro figlio sia perseguitato dagli insegnanti, stirare la bandiera, frequentare corsi di aggiornamento, rilegare i libri della biblioteca e comperarsi la ventiquattrore di pecari che il nuovo regolamento impone ai direttori di istituto. Le nuove divise da preside sono invece offerte dal ministero: qualche malumore per il disguido che ha fatto recapitare tailleur e filo di perle a presidi maschi, e il dopobarba di San Patrignano alle presidi femmine.

Nuove materie: informatica soprattutto, con il biennio dedicato allo studio del bottone on-off e il triennio conclusivo a spiegare correttamente per telefono al tecnico che al posto dei propri file appare un sito di backgammon on line. Restano anche le vecchie materie di impronta classico-filologica, ma riformate: Omero sarà riletto in chiave aziendale

("Quantificare il gap motivazionale tra Achei e Troiani", "Il viaggio di Ulisse nell'esperienza dei tour operator", "Se Enea avesse avuto un tutor, sarebbe morto?"). Un crocifisso sarà presente in ogni aula, ma per renderlo ben accetto anche agli studenti non cristiani verrà chiarito che non si tratta di un simbolo religioso, ma del fondatore dell'albo professionale dei tutor.

Gossip

Fu effettivamente Carlo d'Inghilterra a commissionare ai servizi segreti l'incidente d'auto che uccise Diana Spencer e Dodi al-Fayed, e il movente fu passionale: Carlo non sopportava che Dodi avesse un'altra. Questo il punto definitivo sulla vicenda secondo l'ultima ondata di gossip che ha sconvolto l'opinione pubblica inglese. In tutto l'Occidente il pettegolezzo da serva ha ampiamente sostituito la politica. Promossa a "gossip", la maldicenza si è nobilitata, esattamente come è successo agli assassini, che da quando si chiamano killer se la passano da prestigiosi professionisti. Migliaia di licenziamenti non valgono, quanto a spazio sui giornali, il libro di memorie di un maggiordomo infingardo, e il peggior buco di bilancio conta meno del buco della serratura. Per non dire – scusate il latinismo – del buco del culo, che è diventato l'epicentro dell'ethos e dell'epos mediatico. Ampiamente prevedibili le prossime, scottanti botte di gossip.

Cesare Previti

Un'ex segretaria infedele pubblica una devastante biografia non autorizzata: rivela che Previti è un uomo specchiatissimo, dalla vita privata impeccabile e dai costumi ascetici, distruggendo la fama ribalda e gaudente che gli aveva garantito il successo politico e gli elogi del "Foglio". Anche la famosa vasca di aragoste, svela il libro, era solo un bluff per ingraziarsi l'opinione pubblica: la vasca è in realtà un ricovero per crostacei a riposo, acquistati da Previti – vegetariano militante – per salvarli dalla pentola. Altre migliaia di aragoste, adottate a distanza, sono mantenute da Cesare nei vivai di mezzo mondo.

Disgustato dalle rivelazioni, l'elettorato di Forza Italia abbandona Previti al suo squallido destino buonista.

Bill Clinton

Monica Lewinsky confessa: il famoso rapporto orale nella Sala Ovale fu in realtà un rapporto ovale nella Sala Orale. L'opinione pubblica americana è disorientata. Si riapre il caso: la Corte suprema, in seduta plenaria, riesamina il vestito di Monica con le macchie di sperma e si eccita smodatamente. Le scandalose immagini dell'anziano giudice conservatore O'Hara che si pavoneggia mostrando le macchie sulla toga fanno il giro del mondo.

Licio Gelli

La redazione di *Verissimo* riceve da un anonimo le carte mancanti sulla P2. Cristina Parodi accusa in diretta: i famosi elenchi di Castiglion Fibocchi erano di soli uomini perché la P2 (Pigalle Due) era un club privé omosessuale, famoso per le sue orge. I rituali massonici, con tutti quei maschioni che si baciano sguainando spadoni, assumono finalmente il loro evidente significato. "Loggia coperta" voleva solo dire che era compresa nel prezzo anche la coperta, a differenza delle meno prestigiose "logge materasso", riservate alle mezze calzette. I tesserati, che avevano superato con un sorriso le accuse di cospirazione contro la Repubblica, stavolta si indignano e chiedono a Berlusconi di smentire le accuse infamanti, o almeno di restituire alla segreteria del club il fondotinta che usa davanti alle telecamere.

Tigì Uno

Il telegiornale di Mimun approfondisce la sua già apprezzata vocazione "rosa": un minuto di pregnanti notizie politiche (le nozze di Felipe di Spagna), poi altri trenta di giornalismo di costume. Un sommario tipico:

Le mogli di Bin Laden: come spolverare una caverna avendo un solo piumino in venti.

Letizia Moratti: "Aspetto un supplementary-son grazie alle bed-utilities del mio top-husband".

Platinette confessa in lacrime: "Non sono un travestito ma una donna molto brutta".

Da domani la nuova rubrica economica Sex in the City*: come gli squilibri ormonali influenzano la Borsa di Londra.*

2003

L'anno di quando un mullah orbo
scappò a bordo di un motorino,
di quando le armi di distruzione di massa
non si trovavano proprio da nessuna parte
ma solo perché erano nascoste molto bene,
del Terminatore che diventò governatore, del precariato,
di quando il Festival di Sanremo lo fece Tony Renis
insieme ad altri amici, dell'ondata di caldo,
di quando volevano sotterrare le scorie nucleari in Basilicata,
del caro-euro, del decreto salvacalcio, del crac Parmalat,
di quando morì la pecora Dolly
e anche l'avvocato Agnelli ci lasciò,
e di quando una barca svizzera vinse una regata oceanica.
E soprattutto, di come andò la vendemmia.

I bilanci del calcio

Ormai i bilanci delle società di calcio italiane destano preoccupazioni etiche e legali perfino nella mafia russa, che aveva messo le mani su un paio di grandi club ma ci ha ripensato, considerando più sicuri e tranquilli il traffico d'organi e il mercato clandestino delle testate nucleari. La guardia di finanza ha difficoltà a perquisire le sedi: una volta sfondata la porta, perché al citofono non risponde mai nessuno, all'interno degli uffici si trova solo un pensionato sordo, convinto di essere stato assunto come centralinista, che non sa assolutamente spiegare perché risulti ceduto al Real Madrid come tornante di fascia. Ma quali sono i metodi più in voga per falsificare i bilanci?

Metodo informatico

Il più diffuso è un sofisticatissimo software che elabora complessi sistemi matematici. Circa ogni mese, il software avverte con un "bip" il capocontabile, che aggiunge a penna uno zero a tutte le voci attive e cancella con la gomma due zeri a tutte le voci passive. Grazie a questo metodo, la trasferta del Parma a Novosibirsk, effettuata su una nave da crociera circumnavigando l'Asia, risulta costata trecentosessanta euro, e il valore di Materazzi ammonta a un miliardo di euro.

Metodo Tanzi

Si trasferiscono i debiti su una società a caso, scelta nell'elenco telefonico di un'altra città. Quando l'ignaro amministratore delegato della società prescelta (mettiamo: un'autorimessa di Bari) si accorge di dover pagare lo stipendio a trentasei giocatori di calcio, e telefona furibondo chiedendo spiegazioni, gli si risponde molto seccati, facendogli notare l'evidente assurdità della circostanza e si riattacca.

Supervalutazione dei calciatori

È noto il caso del portiere della Viterbese, che risulta di proprietà della Roma per un valore di venti milioni di euro. Ma ne stanno venendo a galla altri ugualmente incredibili: la moglie dell'autista del Perugia è stata convocata da Trapattoni perché era stata messa a bilancio da Gaucci come capocannoniere della serie A; e il massaggiatore della Lazio, il sessantacinquenne Nando Carloni detto "er Boiler", giocherà come difensore centrale le ultime dieci partite di campionato per non insospettire la finanza.

Metodo Treccani

Consiste nel confezionare bilanci di migliaia di pagine, rilegati in brossura, vanificando il tentativo della finanza di leggerli tutti entro la fine della stagione calcistica. Imbattibile l'Inter: ha acquistato e venduto, negli ultimi dieci anni, più di ottocento giocatori, e assunto e licenziato un centinaio di allenatori. Per ogni contratto viene messo a bilancio un lunghissimo e dettagliato capitolo, contenente la biografia del calciatore, le fotografie di famiglia, poesie e canzoni preferite, esami clinici. Per il solo allenatore Hodgson – assunto, licenziato e poi riassunto – ci sono due volumi, comprendenti il carteggio in inglese tra Moratti e la moglie di Hodgson, che chiedeva chiarimenti per i continui traslochi e per il conto presentato dallo psicanalista del marito.

Metodo Nerone

Si bruciano i bilanci nella stufa; o, meglio ancora, si incendia la sede con tutte le carte e il capocontabile chiusi dentro, incassando anche i soldi dell'assicurazione.

Metodo Galliani

È largamente il più sicuro, ma ha il difetto di essere adottabile solo dalle società che hanno Galliani per presidente. Consiste nell'essere contemporaneamente presidente di Lega, presidente della società, socio in affari del presidente del Consiglio e generale della guardia di finanza. È lo stesso Galliani, in uniforme delle Fiamme gialle, a ispezionare il bilancio esteso dal presidente del Milan Galliani e già controllato dal presidente della Lega Galliani.

Nuove povertà

Gli economisti sono sorpresi: non avevano previsto che se la spesa media di una famiglia italiana è di circa 2500 euro al mese, uno stipendio di 1500 euro non basta a coprirla. Un cenacolo di bocconiani, riuniti d'urgenza dal ministro Tremonti, ha stabilito dopo un'accesa discussione che 2500 è molto più di 1500, e i più puntigliosi, dopo accurate verifiche, hanno stabilito che la differenza tra 2500 e 1500 è esattamente 1000. Il ministro li ha invitati a rifare i conti parecchie volte, suggerendo di applicare anche il tasso di sgravio sul ristorno delle plusvalenze e il gap tra minimum level e majority account, ma il dibattito non ha fatto registrare molti progressi: il risultato era sempre 1000 euro meno del necessario. "Bisogna prendere atto," ha concluso il ministro, amareggiato, "di una spiacevole realtà: le famiglie italiane spendono molto più di quanto possano permettersi. Qualche milione di cittadini si è montato la testa," ha confidato poi Tremonti ai suoi collaboratori, "e se trovo quel coglione che ha innescato questo disastro parlando di 'nuovo miracolo italiano', giuro che gli metto le mani sulla faccia." È stato dunque varato un Piano di Risparmio familiare che prevede decise misure di contenimento della spesa privata, essendo la spesa pubblica già ridotta a due sole voci: il pieno di benzina per le ambulanze (il cambio d'olio è a carico dei barellieri) e l'acquisto di gessi e lavagne solo per le scuole private.

Ecco il Piano in dettaglio.

Uscire di casa senza portafogli

Accurati studi hanno verificato che il possesso di portafogli incrementa sensibilmente la tendenza a spendere.

Riforma del Paniere

Al posto del vecchio Paniere dei prodotti a prezzo controllato, dissennatamente pieno di ogni bendidio (sigarette, pane pugliese, salame, cioccolato, pelati, fusilli, un berretto di lana con il pompon e una tanica di benzina), ogni negozio metterà in vendita il Nuovo Paniere autarchico. Non sarà più di lussuoso vimine intrecciato, molto meglio una scatola da scarpe decorata a mano dagli orfanelli con motivi natalizi. Dentro ci saranno del pan secco, l'ormai introvabile carbone di zucchero, un confetto, un paio di ciabatte e l'invito a restarsene a casa.

Controllo dei prezzi

Le pizzerie saranno invitate a offrire, oltre alle tradizionali ma esagerate pizze da menu, anche la Minimargherita (nel comodo formato a spicchio di luna che rende inutile il coperto), la Fredda e cruda (senza spese di cottura), la Euro (grande come una moneta da un euro), la Crostolona (puzzle delle croste avanzate dagli altri clienti) e la Attila, guarnita di soppressata calabrese, fontina, bacon, rognoni, cosce di pollo e panna montata, che costa moltissimo ma costringe a letto per una settimana il consumatore, impedendogli di mangiare e di spendere ulteriore denaro.

Tiro della cinghia

Il settore della pelletteria, nevralgico per il Sistema Italia, dovrà ritirare tutte le cinture in circolazione, tappare tutti i buchi col mastice e aggiungerne solo uno, molto vicino alla fibbia, così che la cintura chiusa abbia al massimo la circonferenza di una coscia. Colui che riuscirà a entrare nella sua cintura nel tempo più breve vincerà un ricovero in ospedale.

Sigarette

Il Monopolio, oltre a rilanciare le mitiche Nazionali Semplici – fatte con i trucioli – e le Nazionali Esportazione – fatte con trucioli selezionati –, intende produrre anche le Mozzicone, raccolte sui marciapiedi da giovani assunti con contratto interinale; le Mozzicone Filtro, formate dal solo filtro; e le Salvavita, fumate a una a una dal tabaccaio in vostra presenza. Allo studio anche la vendita delle sigarette sciolte, ancora molto richieste dai reduci della Grande guerra, dei pacchetti vuoti (si può aspirare l'aroma e leccare la stagnola) e dell'economicissimo tabacco in grammi, da incartare nei biglietti del tram usati sperando che non venga applicata la legge Fini.

Festival di Sanremo

La prossima edizione del Festival di Sanremo durerà quindici giorni e sarà condotta da Sophia Loren. Nell'impossibilità di sottoporre la Loren a un ulteriore lifting, per metterla a suo agio si procederà all'invecchiamento chirurgico della faccia di cantanti e orchestrali, con l'applicazione di borse sotto gli occhi, guance pendule e porri sul naso. Il direttore artistico Tony Renis e il direttore di Rai Uno Fabrizio Del Noce stanno studiando una formula a tutto campo, fortemente televisiva, che raccolga audience presso ogni tipo di pubblico: si pensa a un grande spettacolo musicale con i concorrenti del *Grande Fratello* collegati da Nassiriya che commentano i gol della serie A insieme ai bersaglieri, incaricati di fare tramite sms le selezioni di Miss Italia mentre i politici all'Ariston cantano gli evergreen sanremesi, aiutando Vissani a preparare il ragù per i ragazzi di San Patrignano che si sposeranno in diretta, discutendo con Platinette e monsignor Tonini i temi più scottanti del nostro tempo e lanciando la colletta per Telethon tra collegamenti-lampo con Licia Colò in mezzo ai leoni del Serengeti e le prove libere del Gran Premio d'Austria, naturalmente con rapide incursioni dei comici, molta fica un po' dappertutto e il contributo costante della redazione dei tigì che potrà interrompere in qualsiasi momento per dare informazioni utili sul maltempo. Il tutto ripreso da telecamere nascoste.

Le canzoni in gara, selezionate da una giuria di politici, per non appesantire troppo la scaletta saranno soltanto tre, presentate dopo la mezzanotte della serata conclusiva. I tre cantanti, per aumentare la spettacolarità della gara, eseguiranno i loro brani contemporaneamente, tentando di sopraffarsi vocalmente e, se necessario, anche fisicamente. Sarà il pubblico a casa, come nell'ultima edizione, a decidere il vincitore attraverso gli sms, oppure con l'alfabeto Morse, picchiettando il nome del cantante prescelto sulle fibre ottiche della nuova Rai cablata, fortemente voluta da Gasparri e Cattaneo proprio a questo scopo. I politici potranno votare all'Ariston per alzata di mano, oppure davanti all'Ariston gridando il nome del cantante favorito. Oltre al tradizionale dopofestival di Bruno Vespa con molti ospiti politici (e la clamorosa novità di Alba Parietti su uno sgabello a motore, per movimentare lo studio), sarà introdotto un prefestival, dalle otto del mattino alle otto di sera, condotto da Gianfranco Vissani: Vissani approfitterà della lunghissima diretta per cucinare il brasato ai politici, interrotto solo dal Tigì Uno delle venti o dall'intervento dei vigili del fuoco. Dietro un paravento, per ripararsi dalle zaffate di soffritto e dalle bestemmie in umbro di Vissani, lo psichiatra Paolo Crepet raccoglierà le confidenze dei politici. Ma il pezzo forte del prefestival sarà un reality show nel quale tutti i cantanti delle edizioni passate di Sanremo (quasi duemila, esclusi defunti e carcerati), rinchiusi nella celebre Factory di Mogol, sfideranno i politici in un'appassionante gara, cercando di sfilare l'apricancello dal taschino di Mogol addormentato.

Allo studio anche un dopo-dopofestival, dalle tre alle sette del mattino, con i politici che intervistano Bruno Vespa, e contributi filmati di Anna La Rosa sul sonno dei politici. Fra gli ospiti stranieri a sorpresa, le tre sorelle rumene Popescu, che piacciono al pubblico più tradizionale perché hanno lanciato la moda dell'ombelico coperto, ma incontrano anche i favori del pubblico più trasgressivo perché per il resto sono completamente nude. Incerta la presenza di Jerry Lewis, Mel Brooks e Mick Jagger: le loro cartelle cliniche verranno recitate sul palco dell'Ariston da Giorgio Albertazzi. Del Noce e Renis sono molto fiduciosi nel successo della nuova formula del Festival, il cui segreto, confidano ai giornalisti, è che sarà trasmesso a reti unificate.

Smaltimento

La Basilicata in rivolta ci ricorda che le scorie, nucleari e no, sono un problema strutturale di una società che per soddisfare il proprio metabolismo pantagruelico ha previsto tutto, tranne il water. Altri casi scottanti sono alle porte, e presto ci metteranno brutalmente di fronte alla nostra imprevidenza.

Cultura

È forse il problema più spinoso. Il governo sta attuando in tempi molto rapidi il piano di smantellamento progressivo di Rai, Università, case editrici, cinema d'essai, teatri stabili e altre vecchie e farraginose centrali di produzione culturale. Resta da decidere dove stoccare diverse migliaia di intellettuali di sinistra, rifiuto difficile da trattare a causa delle barbe, altamente infiammabili, e delle vecchie giacche di tweed con le toppe, che emettono diossina e vapori di trattoria. Scartato l'inceneritore, l'età media degli intellettuali – intorno alla sessantina – ne sconsiglia anche l'utilizzo per l'alimentazione animale: si tratta di carni vecchie e contaminate, nel migliore dei casi, da alcol e nicotina. Il piano più accreditato prevede il trasferimento in campi di rieducazione al lavoro manuale, su suggerimento dell'amico Putin che ha già sperimentato il metodo. Difficile, però, il reperimento del personale addetto alla rieducazione: nemmeno gli ex mercenari o i khmer a riposo sono in grado di resistere a due ore di conversazione con Enrico Ghezzi o alla compagnia di Luca Ronconi.

Moda

Con la crisi della Milano da bere, come smaltire l'esercito di modelle disoccupate? Nessuna popolazione al mondo accetterebbe di ospitare un sito così macabro: un vero e proprio ossario vivente. La struttura filiforme delle ragazze favorisce lo stivaggio in strutture tubolari: si pensa a case-container formate dal solo corridoio. Resta il problema dell'inquinamento sonoro: abituate a camminare in continuazione, le modelle, radunate in massa nello stesso luogo, produrrebbero un assordante clangore di tibie e scapole. Due le possibili soluzioni: foderare i container con un doppio strato di materiale fonoassorbente, oppure varare un costosissimo piano di ingrasso a base di brunch preparati nel centro di Milano. Il costo unitario per pasto (fiocchi di yogurt con fiocchi di segale, fiocchi di uova con fiocchi di bacon, crostata di fiocchi di sambuco) sarebbe però di centoquaranta euro. Inaffrontabile.

Telefonini

In Italia, la media con la quale si cambia modello di telefonino si è molto alzata: si è passati da ogni dieci mesi a ogni dieci telefonate. Milioni di cellulari dismessi sono attualmente stipati nei comò di casa. Anche se spenti, emettono onde elettromagnetiche che continuano a eseguire subliminalmente i motivetti delle suonerie, tutti insieme. Si tratta del famoso "rombo inconscio" che, secondo gli studiosi, è la causa fondamentale dell'espressione metà incazzata metà ebete della popolazione italiana. Secondo altri test, un telefonino spento e scarico, preso a martellate e immerso nell'acido, riesce lo stesso a trasmettere al più vicino centralino dei carabinieri tutti gli sms sconci ricevuti e trasmessi dall'utente. Lo smaltimento viene ritenuto impossibile.

Borselli

Sono un caso esemplare di riciclaggio efficace. Passati di moda dopo pochi mesi, e fallito il tentativo di riutilizzarli per la ripavimentazione dei centri storici, stanno per essere recuperati al normale consumo con un geniale espediente: decidendo che sono tornati di moda. È il meccanismo del trash: ciò che non si riesce a distruggere viene riabilitato all'uso e al gusto degli utenti, bastano una trasmissione tivù o l'articolo di un settimanale, ed ecco che l'orribile ridiventa desiderabile. Di prossima riabilitazione altri caratteristici rifiuti solidi, dalle scarpe da tennis bianche che puzzano già in vetrina ai mensili patinati per soli uomini. Possibile, in questa chiave, perfino il riciclaggio dei palinsesti Mediaset anni ottanta, con Gei Ar e Augusto Martelli che cantano *Operazione Five*. Sempre che il Tribunale dell'Aia opti per l'assoluzione.

Vendemmia

Ed eccoci, come ogni anno, alle previsioni per l'annata enologica. Fatte incrociando i pareri dei maggiori esperti italiani, da me riuniti per una memorabile serata alla Locanda del Guazzo dello chef Virginio Sbarbatis, attorno al suo celebre luccio al carbone, lasciato macerare nella paglia e poi cotto per due giorni e due notti dentro un vecchio scaldabagno a cherosene.

Bolgherese

I vini del Bolgherese confermano il loro status di assoluto prestigio mondiale. Quest'anno gli acini sono stati numerati, classificati secondo il diametro, staccati a uno a uno dai grappoli ed esposti, in preziose teche di cristallo, all'adorazione della folla. Lucidati ogni mattina da manodopera altamente qualificata, e ruotati di 15 gradi al giorno per aerare la buccia in modo armonioso, gli acini verranno infine anestetizzati per non farli soffrire, e quindi pigiati a piedi scalzi da dodici vergini dalla voce melodiosa. Oltre ai celebratissimi Sassicaia e Ornellaia, venduti nelle caratteristiche boccette con apposito contagocce, promette bene il Plasticaia, ottenuto foderando le botti con carte di credito per aggiungere esclusività al prodotto. I Frescobaldi e gli Antinori parteciperanno alla vendemmia, contendendosi i filari a bastonate per rinverdire l'antica tradizione toscana.

Tavernaia

È il prodotto di alta gamma del Tavernello: sempre venduto in cartoni, e identico al Tavernello normale, il Tavernaia costerà però ottanta euro a cartone a causa del cambio del nome.

Barolo

Entusiasmo nelle Terre di Barolo: le spaventose grandinate hanno ridotto a pochissimi brandelli di grappolo il raccolto, garantendo una produzione minima e dunque qualificatissima. Il Barolo è un vino così intenso da avere raggiunto, negli anni, lo stato solido. Ogni bottiglia verrà venduta con un tagliere di legno, e il Barolo potrà essere affettato come il brasato, oppure come il tartufo, in scaglie sottilissime, sopra le tagliatelle al lardo: è un piatto impegnativo, ma per digerirlo basta inghiottire un petardo.

Franciacorta

Gli amanti delle bollicine possono stare tranquilli: anche quest'anno il Franciacorta sarà di qualità eccelsa, frizzante il giusto. L'esplosione delle botti a causa della spaventosa quantità di gas (un metro cubo per litro) farà da festoso contrappunto al processo di maturazione di questo vino, che può essere imbottigliato solo in camere pressurizzate da operai che indossano uno scafandro protettivo. Le bottiglie verranno vendute soltanto ai possessori di porto d'armi, e saranno accompagnate da un opuscolo con le avvertenze: come costruire la trincea dietro la quale nascondere i familiari, come ancorare al suolo il bevitore che si gonfia come un pallone aerostatico, come prestare i primi soccorsi alle vittime del tipico rutto da Franciacorta (l'unico col rinculo). Un piccolo incidente diplomatico ha turbato i produttori di Franciacorta: gli hezbollah hanno acquistato diecimila magnum per colpire con i tappi gli abitanti di Tel Aviv aprendo le bottiglie a Beirut.

Alto Adige

Bene il Traminer aromatico, che quest'anno, oltre ai tradizionali aromi di fragola, mela, lampone, miele, genziana, ginepro, carota, lavanda, Chanel e tè verde, potrà vantare perfino un inconfondibile sapore di vino bianco. Molto quotato lo Heinzwerteschlausenfrost della Val Pusteria, un bianco secco maturato nelle malghe in botti di crosta di formaggio di malga, da bere mangiando formaggio di malga (ma solo in malga, perché appena fuori dalle malghe comincia a cagliare).

Precipitone

Merita un capitolo a parte questo rinomatissimo vino ligure, proveniente da un terrazzamento lungo cinque chilometri e largo dieci centimetri, a picco sul mare. La vendemmia non si può effettuare nemmeno in elicottero, e così il Precipitone si ottiene solo dai pochi grappoli che cadono in mare e vengono ripescati insieme alle seppie. Di qui il tipico aroma di pesce decomposto che lo rende inconfondibile. Fa schifo, ma costa centodieci euro a bottiglia e dunque nessuno si permetterebbe mai di dirlo.

Precariato

L'entrata in vigore dei nuovi contratti di lavoro flessibile produrrà profondi cambiamenti nella società italiana. Il primo capoverso di questo articolo, ad esempio, è ancora soggetto al vecchio contratto dei giornalisti, completo di mutua, pensione e garanzie reciproche, e dunque si intende che lo scrivente, anche nel suo interesse, si senta tenuto a fornire un prodotto corretto nella forma e nella sostanza, avendo cura della propria carriera.

Hil secondo capoverzo invesce succede che e sotto il nuovo contrato del lavoro flezzibile e duncue ki se ne fote, tanto il kontrato scadee tra pochi minuti ah ah ah io me ne stropiccio de la forma edel contenuto pure mica sono shemo di farmi un mazzzo cosi in cambio di gnente!!! Ze il patrone mi puote licensiare tra tre minuti e macari il proximo contrattto lo facio da machinista ferroviere o pure da geometro, io diko alora che a contrato di merda lavoro di merda, cari amizi letori!

Cattivi esempi a parte, la galassia del lavoro precario pullula di casi limite: dal venticinquenne che ha fatto trenta lavori differenti senza aver capito quali, al trentenne che ha fatto sempre lo stesso lavoro, ma con venticinque mini-contratti consecutivi, e si ritrova con dieci anni di lavoro, la gotta (non mutuabile), zero scatti di anzianità e solo sei mesi di contributi versati.

Celebre il caso di Mirko, che, assunto come trasportatore di materassi, si è reso conto che gli scadeva il contratto mentre era sul pianerottolo di un condominio e stava per consegnare un due piazze a molle. Telefonando dal proprio cellulare è riuscito a farsi riassumere come acrobata e ha dunque cominciato ad allenarsi sul pianerottolo saltando sul materasso non consegnato. In seguito alle proteste dei condomini, Mirko è stato licenziato lo stesso pomeriggio. Nel frattempo però aveva accumulato mezz'ora di ferie come trasportatore e venti secondi come acrobata, e dunque è stato costretto a dormire mezz'ora e venti secondi sul materasso.

Al risveglio, era già stato assunto, grazie all'ufficio di collocamento, come centralinista di un call center erotico, e dunque gli inquilini dello stabile si sono trovati di fronte a un ragazzo sulla trentina, sdraiato su un materasso, che gemeva al telefonino sussurrando "toccati, io lo sto già facendo". Arrestato, tradotto in questura e denunciato per atti osceni, Mirko è riuscito a farsi assumere da un poliziotto come badante dell'anziana madre, con contratto di tre mesi, ma la madre è morta la sera stessa, non appena lui, sempre con il suo materasso, aveva preso servizio. Nel corso della veglia funebre, è stato raggiunto dalla telefonata di congratulazioni della presidente dei Giovani confindustriali, che gli hanno attribuito un premio di produttività per aver sottoscritto quattro contratti in un giorno solo. Il premio consisteva nell'assunzione, con contratto di una settimana, come stagionatore del famoso formaggio "toma di Matusalemme", che matura in dodici anni.

Deposto sul materasso il cadavere della sua ex datrice di lavoro, e consegnati entrambi a un addetto alle pompe funebri che li ha scaricati in mezzo a un rondò perché aveva il contratto in scadenza, Mirko si è presentato al suo nuovo posto di lavoro, una malga a 2300 metri, proprio nel giorno in cui la toma, dopo dodici anni di invecchiamento, era matura e pronta per essere consegnata. Licenziato da stagionatore di tome, ha tentato di farsi riassumere come consegnatore di tome, ma è stato minacciato dal consegnatore di tome già attivo, un precario (ex supplente di francese, ex tornitore, ex gigolo, ex casellante) esasperato dal fatto che era costretto a consegnare i formaggi ancora con la divisa da casellante. Dopo essersi picchiati selvaggiamente, e resisi conto che la toma da consegnare era rotolata in un crepaccio durante la colluttazione, Mirko e il suo rivale si sono abbracciati e hanno pianto a lungo. Quindi, hanno deciso che avrebbero fondato il primo Sindacato Precari, il CIPERTFUTRFZIE (Confederazione Italiana Precari Edili, Rottamatori, Tornitori, Fabbri, Uscieri, Tassisti, Restauratori, Fonditori, Zappatori, Imbianchini Eccetera), e hanno organizzato uno straordinario corteo, a Roma, composto solamente da loro due ma in rappresentanza di 6300 professioni diverse, tutte svolte, con regolare contratto, dalla coppia di giovani manifestanti.

Politici americani

Gli osservatori politici concordano: Arnold Schwarzenegger ha stravinto in California perché le denunce per molestia sessuale lo hanno reso popolarissimo fra gli elettori di destra, e l'annuncio che avrebbe abbandonato il cinema lo ha reso popolarissimo tra gli elettori di sinistra. Ma l'ondata dei neoconservatori americani non si ferma qui. Dopo Rumsfeld, Condy Rice e Schwarzy, altri straordinari protagonisti stanno per affacciarsi sulla scena. Ecco i principali.

Geremiah & Isaiah Hockney

Sono i due nani albini resi famosi dalla serie televisiva *Lassù sugli Appalachi*. Tiratori scelti (centrano un negro da cinquecento metri), religiosissimi (benedicono la salma della vittima entro trenta secondi dal decesso), legatissimi ai costumi tradizionali (allevano in casa il tacchino per il Thanksgivin' Day), vogliono arrivare alla Casa bianca per demolirla e rimpiazzarla con una capanna di tronchi d'albero. Il loro vicepresidente designato è Snortly, un grizzly di otto anni.

George Bush jr jr

Figlio naturale dell'attuale presidente, nato da una relazione per corrispondenza fra il padre e una campionessa di golf, è così cretino che quando ha deciso di avviare la pratica di riconoscimento è rimasto imprigionato una settimana nel garage del Tribunale di Reno. Ha conquistato l'opinione pubblica raccontando nel celebre talk show *Cinque secondi per dire chi sei* tutta la storia della sua vita. Piace all'establishment repubblicano perché, a differenza del padre, sa indossare il casco dei pompieri di New York senza perdere l'equilibrio.

Lazarus Watt

Il reverendo Watt è la guida spirituale della piccola Chiesa testamentale del Supplizio, una setta del Middle West che pratica la lettura al megafono della Bibbia durante l'intera giornata. Gli adepti di Watt hanno accumulato enormi ricchezze ricattando gestori e clientela di cinema, teatri e ristoranti, disposti a pagare qualunque cifra pur di tenerli lontani. Liberista in economia, creazionista in pedagogia e veramente stronzo nella vita privata, il reverendo Watt intende abolire il senato e sostituirlo con un Sinedrio degli Eletti composto dai suoi dodici figli.

Big Spoon Smitherson

È un nazista obeso del Texas, ex fattorino di un Pizza Express licenziato durante il maccartismo perché consegnava i cartoni vuoti sostenendo che la pizza era scomparsa per colpa dei comunisti. Molto religioso, attribuisce la Costituzione americana al profeta Ezechiele e vuole inserire un emendamento che impedisca l'ingresso nei locali pubblici alle donne mestruate. Si è fatto tatuare su una natica la *Mayflower* a grandezza naturale. Appoggiato dalla potentissima lobby dell'abbigliamento extralarge, conta di raccogliere voti tra i nevropatici dei piccoli centri urbani, che secondo gli analisti sono il principale target elettorale degli Stati Uniti.

Fontolooza Price

Nera come la sua amica d'infanzia Condoleezza Rice (i genitori di entrambe, per trovare il nome di battesimo, appoggiarono il gomito su una tastiera di computer), è cresciuta in un quartiere poverissimo, tra violenze e soprusi di ogni genere, dominato dalla legge del più forte e dalla prevaricazione fisica sui più deboli. Le è piaciuto moltissimo, e per questo il suo programma elettorale prevede l'invasione sistematica dei paesi stranieri, la deposizione immediata dei capi di stato esteri e la castrazione con la roncola di chi non rispetta i diritti umani.

La saga degli Agnelli

Come mai Capinera Agnelli non è andata alla prima comunione della piccola Otaria Rattazzi? E perché l'ultimo nato di casa Elkann si chiama Peppe? Forse per contrariare gli altri Agnelli? E come valutare la decisione dei Nasi, dei Grande Stevens e dei Borromeo di calpestare le magnifiche ortensie della villa di Marilù Barba Cobolli Wittenberg durante la cerimonia funebre della zia Sibillina Barba? Sono queste le domande che scuotono l'opinione pubblica italiana, interessatissima alle dispute dinastiche e finanziarie di casa Agnelli. Vediamo, dunque, di fare chiarezza.

La famiglia

Gli ufficiali d'anagrafe di mezza Europa stanno cercando di stabilire almeno il numero preciso degli Agnelli e degli imparentati. Secondo una stima approssimativa, si tratterebbe di circa quattromila persone, tutte aventi diritto a una quota di eredità. Oltre agli Agnelli ci sono i Nasi, gli Elkann, i Rattazzi, i Gabetti, i Santalbano di Santalbano e i Santalbano di Papò, i Montezemolo, gli Gnemmi, gli Gnommi, gli Staminer del ramo merovingio e quelli di Casale Monferrato, i Pautasso di Helsinore, i Rebaudengo di Malta, più altri lontani cugini che nelle scorse settimane hanno suonato il campanello di Villar Perosa presentando le credenziali e pretendendo almeno il tagliando gratuito della Punto. Molti degli Agnelli neppure si conoscono tra loro, e durante l'ultimo raduno degli eredi si mormora che un cameriere precario, approfittando della confusione, si sia accreditato come un cugino Nasi, riuscendo a ingannare anche il notaio e impossessandosi della tabacchiera d'oro del capostipite Giovanni.

Il patrimonio

Si parla di svariate migliaia di milioni di euro, la cui divisione fra i quattromila pretendenti è allo studio di un'équipe di matematici tedeschi, che dopo tre anni di inutili calcoli hanno proposto di dividere tutto in grossi mucchi e tirare a sorte. Ma la soluzione non è piaciuta agli eredi diretti, che sono solo un centinaio e rischiano di ritrovarsi proprietari di una cinquantina di metri della pista del Lingotto mentre magari un qualunque zio Rebaudengo si prende l'Alfa Romeo. Tutto è dunque ancora in discussione.

Gli immobili

Oltre alla celebre villa di Villar Perosa, con le porte da calcio in ogni camera da letto e due guardalinee al posto dei comodini, ci sono quella del Sestrière, con lo ski-lift che porta ai piani superiori, quella di Sankt-Moritz che appartenne allo scià di Persia e venne disegnata da Soraya in persona (il tetto è cotonato), l'attico di Manhattan al trecentesimo piano con vista sui due oceani, Atlantico e Pacifico, la villa di Kabul purtroppo bombardata (ospitava la collezione di cristallerie boeme di Nasturzia Agnelli), la villa di Portofino e Camogli (è lunga dodici chilometri e unisce le due località), la villa di Bombay con gli elefanti addestrati che servono a tavola, il castello in Transilvania con vampiri veri, anche volanti, e infine le duecento villette a schiera lungo la Tangenziale di Torino volute dall'eccentrico prozio Gigi, che lasciò la vicepresidenza della Fiat per fare il geometra. Essendo una famiglia molto unita, fino adesso i quattromila Agnelli hanno condiviso ognuna di queste case, arrivando per i weekend tutti insieme ogni venerdì sera. Molto suggestiva la cerimonia del check-in, con gli Agnelli smistati nelle stanze da robuste guardie armate per impedire colluttazioni. Ma i frequenti e imbarazzanti scambi di cravatte e spazzolini da denti hanno fatto capire che è venuto il momento di dividersi le case, a costo di smontarle e portarle via, una stanza a testa.

La Fiat

Grande imbarazzo tra gli eredi quando i notai hanno fatto notare che c'è anche la Fiat. Gli Agnelli presenti hanno cominciato a tossicchiare e a guardare in aria. Qualcuno ha chiesto a che distanza dai campi da golf si trovano gli stabilimenti. La soluzione, per adesso, è dare la fabbrica in affido a Marchionne, che ha accettato solo a patto che la famiglia si limiti a telefonare solo ogni tanto, e per cortesia non tutti insieme.

Come smaltire i vecchi

La lunga estate calda, con lo spettacolo indecoroso degli obitori delle grandi città intasati di pensionati, ha posto governo e opinione pubblica di fronte a una drammatica realtà: tra i popoli stranieri che infestano l'Italia, i vecchi sono i meno adattabili al nostro stile di vita. Pur essendo la comunità più prolifica (raddoppiano ogni decennio), sono anche la più sfaccendata: quasi nessuno lavora, e quei pochi rubano il posto ai nostri giovani, costretti a passare la giornata seduti sul motorino davanti ai muretti, o seduti sui muretti davanti ai motorini. Chi li ha lasciati entrare? Consumano meno dei curdi, al volante sono più pericolosi dei rumeni, si abbronzano meno dei polacchi, alimentano a dismisura lo spaccio di droghe leggere e pesanti (dai sonniferi agli antidolorifici), sono improduttivi e vivono alle spalle della nostra operosa società. Per giunta si lagnano, cadono in casa, telefonano al pronto soccorso anche per chiedere i cerotti, sono d'impiccio ai solenni rituali di Esodo e Controesodo, alimentano l'inflazione pagando il tassista con una banconota da cento euro convinti che siano cinquemila lire. Sono diversi da noi, troppo diversi per consentire una così insana promiscuità con una popolazione numerosissima e del tutto restia a integrarsi.

Gli analisti di mercato concordano: una gita in pullman a San Giovanni Rotondo, incluse la prima colazione e la proposta di vendita di padelle antiaderenti, non è un consumo sufficiente a giustificare la presenza dei vecchi nel nostro paese. C'è un evidente scompenso tra domanda e offerta, anche perché la domanda è sempre la stessa ("Possiamo fermarci a fare pipì?") e l'offerta, oltre alle padelle antiaderenti, non è mai riuscita a individuare altri punti deboli. Totale, per esempio, la chiusura dei vecchi nei confronti dell'Italian style: fallimentare il lancio delle pantofole di felpa Prada, con tacchi a spillo di quaranta centimetri, e delle sporte della spesa Dolce&Gabbana, con spacco laterale. Secondo recenti studi, nella casa di un vecchio ci sono in media diverse centinaia di padelle antiaderenti, un ritratto di padre Pio, una padella antiaderente con ritratto di padre Pio, un ritratto di padre Pio antiaderente, sei uova, mezzo litro di latte a lunga conservazione e un televisore Telefunken del '78, acceso ininterrottamente dal giorno dell'acquisto.

La ricaduta sull'economia di uno stile di vita così sfacciatamente risicato è disastrosa, e in una nota riservata della Digos si sostiene che nei loro luoghi di raduno (panchine, latterie, bocciofile comuniste, uffici postali, casse dell'Upim) i vecchi più radicali predichino la sovversione organizzata, sostenendo che sei euro al chilo per i fagiolini sono un furto e invitando il resto della comunità a non comperarli. Di più, e peggio, risulta alle nostre autorità che la moria dell'estate 2003 nasconderebbe un diabolico piano di destabilizzazione: un pensionato di Sampierdarena, ex portuale – già inquisito nel '60 per aver fatto cadere da solo il governo Tambroni usando un rampino –, ha calcolato che la morte con esequie a carico della collettività, specie se accompagnata da un lungo ricovero in rianimazione, è un costo pari a due anni di pensione. Concentrando un gran numero di decessi in una sola estate, il Grande Vecchio conta di schiantare definitivamente i conti pubblici. Qualche decennio fa, alcuni amministratori di sinistra, pur di blandire le già folte comunità di vecchi, inventarono per loro mansioni sociali, tipo badare ai parchi pubblici e sorvegliare i musei, come si usa da tempo nelle corrotte e decadenti socialdemocrazie del Nord Europa. Ora, finita l'ubriacatura demagogica, si sta studiando il modo di espellere questi sfaccendati, applicando la Bossi-Fini. In allestimento decina di migliaia di pullman per San Giovanni Rotondo. Senza aria condizionata.

Il crac Parmalat

Il crollo dell'impero Parmalat pone almeno due gravi interrogativi: com'è stato possibile accumulare ventimila miliardi di deficit partendo dall'acquisto di una mucca frisona? E soprattutto: dove mettere, adesso, tutto quel latte prima che vada a male e diventi camembert, compromettendo le relazioni italo-francesi?

L'epopea industriale di Calisto Tanzi inizia negli anni sessanta. Cattolico impegnato, conosce grazie all'amico De Mita i fermenti politici e grazie a una fidanzata bulgara i fermenti lattici. Compera di seconda mano la prima mucca, la leggendaria Numero Uno, in un autosalone che l'aveva ritirata per errore. Toccandole continuamente le tette, come nella secolare tradizione parmigiana, Tanzi si accorge che la produzione di latte aumenta a dismisura, anche se la mucca insiste per sposarlo. Stanco di bersi da solo cinquanta litri di latte al giorno, distrutto dalla colite, Tanzi ha un'idea veramente geniale: perché non venderlo?

Si rivela un vero e proprio talento della trasformazione industriale. Oltre al latte fresco sfuso, venduto a mestoli porta a porta, brevetta il latte al cacao, quello al genepì e quello al curry, che fa furore nel mercato indiano. Dopo la lunga conservazione, ottenuta facendo bollire il latte per un'ora, sperimenta con successo la lunghissima, facendolo bollire per una settimana finché si marmorizza e può essere venduto a blocchi da sei tonnellate. Insieme allo yogurt lancia sul mercato il kir, il firl, il puorl e la sciosciammocca, derivati dello yogurt ottenuti con un ingegnoso procedimento: si cambia il nome sulla confezione. Resosi conto che una sola mucca non basta più, Tanzi ne compra altre settecentomila, contraendo un debito mostruoso: solo per pagare il veterinario, firma cambiali per duemila miliardi. Scopre allora l'alta ingegneria finanziaria: per coprire il buco di duemila miliardi fonda una sua banca e si chiede in prestito tremila miliardi. È così, al tempo stesso, debitore e creditore di se stesso. Il sistema lo entusiasma, e con l'aiuto dell'amministratore del Circo Medrano decide di trasformare il suo colosso caseario in una holding mondiale. Inventa le obbligazioni a lunga conservazione, le azioni parzialmente scremate (agli investitori vanno dividendi dimezzati) e il formidabile budino di bond, un impasto maleodorante di debiti fermentati e titoli esteri in polvere.

Tutto sembra andare per il meglio: Calisto compera centravanti per il Parma e tori per la Parmalat con la stessa valuta pregiata (titoli di stato delle Isole Cayman intrecciati a mano dalle indigene) e riceve i severi controllori della Consob e di Bankitalia facendo il bagno in una piscina di budino alla crema, dando un'impressione di opulenza che allontana ogni sospetto. Il tracollo, come sempre in questi casi, è dovuto all'eccesso di sicurezza. Arrivano i primi investimenti sbagliati: è un totale insuccesso il latte in barrique, invecchiato cinque anni, il cui forte aroma di calzettone da sci non incontra il favore dei consumatori. Male anche il business del latte di cammella, che quando bolle fa le gobbe; malissimo il latte in polvere colombiano, sequestrato dalla finanza; disastrose le nuove sottilette Parmalat, che per un problema di packaging arrivano al consumatore cucite l'una all'altra con le dimensioni di un plaid. Tanzi viene accusato di trascurare la produzione casearia per dedicarsi solo all'alta finanza. Per smentire le voci, nomina azioniste le sue mucche. Poi prepara il colpo di teatro: si invia una lettera di ingiunzione nella quale si impone di pagarsi tutti i debiti. Ormai vanta nei propri confronti un credito di diecimila miliardi di euro. Poi si fa causa, si minaccia di morte e infine sparisce, terrorizzato dalle sue stesse minacce. Al curatore fallimentare non resta che sequestrare settecentomila mucche, ventiquattro calciatori e le ultime confezioni di latte in bottiglia. Purtroppo, sanno di tappo.

2004

L'anno dell'onda assassina
e del cavalletto che colpì il Cavaliere su una spalla
ferendolo alla testa,
della bandana e delle bombe che esplodevano dappertutto,
di quando arrestarono un po' di boss della malavita,
di quando morì Pantani, ma anche Nino Manfredi e Arafat,
di quando i carabinieri fecero fuori il bandito Liboni,
della legge sugli embrioni che piaceva solo a Buttiglione
e di quando gli intellettuali francesi protestarono
per l'estradizione concessa a un terrorista,
di quando Kerry per poco non ce la faceva
e l'erede al trono di Spagna sposava una giornalista,
di quando tutti parlavano dell'Islam
senza sapere esattamente cosa diavolo fosse.
E di quando, per qualche secondo,
a Bossi non arrivò più sangue al cervello.

Fecondazione assistita

Prima di giudicare la nuova legge sulla fecondazione assistita, bisognerebbe conoscerla meglio. Tranne che sulla posizione di Buttiglione e sulla posizione del missionario – chiarissime entrambe, e coincidenti –, le idee sono infatti piuttosto confuse. Vediamo nel dettaglio i punti chiave delle norme votate dal parlamento:

1. È consentito, senza limitazioni, solo un caso di fecondazione assistita: quella in cui alla fecondazione assiste un catechista, filmando i momenti più entusiasmanti dell'amplesso e commentandoli, a cose fatte, con i giovani sposi.

2. In caso di sterilità, le coppie che intendono riprodursi devono comprovare davanti a un'apposita commissione (costituita da un vescovo, uno psicologo e un ginnasta) di aver sperimentato tutte le possibili forme di inseminazione naturale, allegando documentazione fotografica. Una volta accertata la buona fede dei candidati, i due soli centri specializzati e convenzionati con lo stato (l'Ospedale delle Piccole Sorelle Piagate e Sofferenti di Forlì e *Domenica in*) potranno ospitare le coppie più meritevoli. Un reality show a reti unificate, condotto da Antonio Socci, provvederà a eleggere con il televoto gli Immacolati d'Italia, l'unica coppia sterile che avrà il diritto di accedere alla fecondazione medica pronun-

ciando la tradizionale e solenne formula televisiva: “Mi dia un aiutino”. La tecnica (metodo Buttiglione-Beretta) è molto semplice: con un fucile da caccia, una rosa di spermatozoi del marito viene sparata contro la camicia da notte della moglie, posta su un trespolo al centro dello studio. Le probabilità che la fecondazione avvenga sono una su dieci miliardi, più probabile che rimanga gravido il pubblico delle prime file. Ma la spettacolarità dell’evento piace a Fabrizio Del Noce ed entusiasma le gerarchie ecclesiastiche, che sottolineano in una nota ufficiale l’alto significato di un atto riproduttivo che finalmente evita di smanacciare nei genitali altrui, e tutte quelle porcherie.

3. Gli embrioni attualmente congelati verranno battezzati e iscritti all’ufficio di collocamento. Per gli embrioni italiani all’estero, Mirko Tremaglia sta preparando un progetto di legge che prevede il diritto di voto.

4. L’ovocita femminile e il gamete maschile potranno essere presentati ai futuri suoceri solo dopo uno scambio di telefonate che rassicuri le famiglie d’origine sulla serietà delle loro intenzioni. I rapporti prematrimoniali sono consentiti solo in forma epistolare. In caso di polluzione notturna, l’adolescente maschio dovrà raccogliere con delicatezza il seme disperso e conservarlo nel diario scolastico fino a nuova disposizione ministeriale.

5. Aborto e divorzio saranno sottoposti a un riesame accurato del parlamento. Il riesame avrà validità retrospettiva. Tutte le coppie divorziate devono sottoporsi al giudizio di un’apposita commissione (costituita da un vescovo, uno psicologo e un pazzo) che stabilirà modi e tempi della riconciliazione. Rocco Buttiglione in persona si occuperà dei casi più difficili, munito di giubbotto antiproiettile.

6. Il prossimo meeting di Rimini sarà intitolato alla straordinaria e misconosciuta figura di Nuccia Cusumano, sposa siciliana che continuò a servire sorridente il marito e i sette figli (tutti avuti da altre donne) nonostante lui la torturasse con

la fiamma ossidrica. Violentata a turno dai quattro compagni della squadra di calcetto del marito, Nuccia volle partorire a sua volta altri cinque figli, e per giunta fu costretta a chiamarli tutti e cinque Diego Armando. Verrà beatificata con il nome di santa Eterologa, a dimostrazione che la morale cattolica non è poi così ostile alla sperimentazione.

Crisi della malavita

Nella crisi dell'economia italiana, spicca la decadenza della malavita organizzata. Nei giorni scorsi ben tre boss latitanti (Morabito, Di Stefano e Cucurachi, quest'ultimo detto "'o Refuso") sono stati arrestati, abbandonando nella più totale incertezza i loro dipendenti. Colpisce l'ingegnosità dei nascondigli: due erano a casa loro, il terzo (Cucurachi) era all'aeroporto di Bari e cercava di imbarcarsi senza biglietto e con documenti falsi, perché all'anagrafe, da anni, gli impiegati rifiutano di trascrivere il suo cognome, ritenendolo uno scherzo. Ora l'intero settore è in fibrillazione. Si teme per i capi latitanti ancora a piede libero.

Bernardo Provenzano

Latitante dal 1930, Provenzano ha ormai completamente dimenticato di essere il boss dei boss e fa il primario di otorinolaringoiatria a Palermo, convinto di essere solo omonimo del ricercato. Ha anche partecipato attivamente al suo tentativo di cattura, segnalando alla questura diversi pazienti che gli assomigliavano molto.

Bachisio Puddu

Capo riconosciuto del Nuovo Banditismo Sardo, movimento che si propone la modernizzazione del settore introducendo il franchising nei rapimenti ed emettendo bond sul pecorino. I carabinieri lo cercano attivamente nelle montagne intorno a Orgosolo, chiamandolo giorno e notte ad alta voce. Ma lui non risponde, anche perché abita in un condominio a Milano. Si è laureato per corrispondenza alla Bocconi e sta traducendo il codice barbaricino in inglese.

Totò Riina

È evaso tre anni fa dal carcere di massima sicurezza, lasciando al suo posto un pupazzo parlante che riceve i parlamentari radicali, lamentando il pessimo trattamento. Pare che viva a Riccione, dove, per non dare nell'occhio, ha aperto in viale Ceccarini una boutique di scacciapensieri, coppole e lupare. Governa saldamente le cosche via internet, scrivendo lunghe mail che gli esperti della polizia non riescono a decifrare. Secondo alcuni, i messaggi sono criptati; secondo altri, Riina usa la tastiera del computer per appoggiarci la tazzine del caffè, senza accorgersi che è acceso.

Rosario Schifaci

Detto "l'Imprevedibile", Schifaci è capo del clan Schifaci e vive a Schifaci, un cocuzzolo in Aspromonte inaccessibile alle forze dell'ordine perché l'unica strada di accesso è in senso vietato. Le forze speciali, addestrate a schivare i massi che gli abitanti fanno rotolare lungo la rupe, sperano di espugnare Schifaci con una risoluzione dell'Onu e una catapulta. Rosario Schifaci controlla un fiorente traffico di cocaina e negli ultimi anni, non potendo uscire dal villaggio, ha costretto gli ottanta compaesani a diventare suoi clienti e a consumare le scorte, circa quaranta chili al mese. I pastori di Schifaci si distinguono perché portano al pascolo gli armenti tenendoli in braccio, di corsa e in Umbria, rientrano la sera stessa e organizzano un ballo in piazza che va avanti fino all'alba.

Carlo Perego

Capo riconosciuto della cosca di Lissone, il temutissimo boss brianzolo si è arricchito con le discariche abusive di trucioli e con il commercio clandestino dei mobili-bar con intarsi in finta madreperla, ormai vietati in tutti i paesi civili. Incoraggiato a perseverare nel crimine dopo il fortunato lancio della cucina Naomi, Perego controlla il mercato degli sgabelli pieghevoli, imposti con la violenza al filare di prostitute (una al metro) che costeggia le superstrade a nord di Milano fino alle Prealpi.

Pupetta Scuogno

Detta "la Grande Madre" (pesa centotrenta chili e ha sedici figli, solo dodici dei quali riconosciuti da Maradona), governa spietatamente i Quartieri Spagnoli. Durante le riunioni di camorra, al minimo contrasto cade in deliquio, si straccia le vesti e maledice, nuda e scarmigliata, gli oppositori. Pur di evitare l'orribile spettacolo, tutti le danno ragione. Fa passare le partite di droga lungo i fili della biancheria, scacciando i piccioni con la scopa. Abita in un basso di dimensioni minuscole, dal quale le forze speciali non sono mai riuscite a estrarla, neanche usando il forcipe.

Scandali sessuali

John Kerry è solo l'ultimo dei politici americani coinvolti in uno scandalo sessuale. Il primo fu il reverendo Joshua Moses, gettato dalla *Mayflower* e annegato a pochi metri dalle coste del New England perché aveva avuto una polluzione notturna sognando il profeta Ezechiele che lo frustava per i suoi peccati. Secondo una biografia non autorizzata, Moses fu giustiziato, in realtà, perché aveva scoperto nella stiva un carico di stagiste clandestine. Era il XVII secolo, e quei severi fondatori, tutti vestiti di nero, con la carnagione cerea, lo sguardo spiritato, una copia della Bibbia in una mano e una torcia nell'altra (per questo ebbero molte difficoltà nelle manovre di attracco), impressero il loro indelebile marchio nello Spirito Americano. Gli indiani algonchini, che li accolsero festosamente scambiandoli per comparse di un film su Halloween, dovettero presto adeguarsi ai rigidi costumi sessuali della nuova classe dirigente. Il loro capo, Orso-Che-Tromba, dovette cambiare nome (Orso-Che-Non-Si-Permetterebbe-Mai) e convincere il suo popolo a rivestirsi per non turbare i coloni e le loro mogli, che fissavano con insistenza il caratteristico costume dei selvaggi, un minuscolo perizoma indossato attorno al collo per lasciare liberi gli enormi genitali.

Dopo quello del reverendo Moses, furono molti gli episodi di rovina politica causata da eccessi sessuali. Abramo Lincoln venne assassinato da un attivista quacchero, che aveva avuto una relazione con una stagista di Baltimora e odiava il presidente perché non aveva fatto nulla per impedirglielo. Il governatore democratico del Montana, Oliver "Ollio" Smith, dovette dimettersi dopo aver confidato a un giornalista che da giovane si era masturbato almeno una volta, osservando la copertina di un 45 giri di Ella Fitzgerald. Andò anche peggio a Willy McWillies, candidato repubblicano dell'Alabama, esponente della lobby degli allevatori di polli, accusato da una stagista di averla costretta a deporre uova in una stia durante un perverso gioco sessuale: perdonato dalla moglie, ma non dalle galline coinvolte, McWillies si tolse la vita impiccandosi a una quercia secolare abitualmente usata dal Ku Klux Klan, nell'unico ramo rimasto libero.

Ormai appurato che J.F. Kennedy venne fulminato dalla carabina di Oswald mentre stava mormorando sconcezze alla moglie Jacqueline (voleva costringerla a travestirsi da stagista), per giunta su un'auto scoperta, è quasi sicuro che Bill Clinton, nella Sala Ovale, abbia costretto la Lewinsky non solo a fare sesso orale, ma anche a stirargli i pantaloni e riassettare la stanza cantando l'intera colonna sonora di *Cenerentola*: le registrazioni di *Bibidibobidibù*, in possesso della Corte suprema, lo inchiodano. Più oscure, invece, le vicende di Bob Kennedy e Ted Kennedy, sospettati di aver avuto una relazione con Marilyn Monroe nella stessa sera e alla stessa ora in cui la seducente star aveva una relazione con John Kennedy, con la sorella Miriam Kennedy, con il cugino Fred Kennedy e con altri parenti lontani del clan Kennedy. Un filmato della Cia mostra il torpedone dei Kennedy mentre si ferma sotto l'appartamento di Marilyn. Il torpedone è completamente vuoto: prova che dalla Monroe salì anche l'autista.

Per finire, trema anche il presidente Bush. Su un sito internet di estrema sinistra una stagista lo accusa di essere "il più grosso pirla mai visto in America", considerazione che rischia di metterlo presto in stato d'accusa per esibizionismo sessuale, nonostante la moglie giuri sulle dimensioni più che ordinarie del pirla.

Berlusconi

Gli esperti concordano: il rimpasto facciale non è stata che la prima mossa elettorale di Silvio Berlusconi, rivolta soprattutto a rafforzare il consenso in due categorie di consumatori già fidelizzate: il pubblico femminile e quello miope. Il 2004 sarà uno scoppiettante susseguirsi di nuove trovate, perché il prodotto-Berlusconi sia sempre più appetibile sul mercato.

Packaging

Il vecchio packaging di Berlusconi ha fatto il suo tempo. È un doppiopetto Caraceni di lana metallizzata, molto protocollare, che ha il pregio di rimanere sempre in piega (quando il premier si siede, il vestito resta in piedi) ma è rigido e rumoroso nei movimenti: ogni volta che Berlusconi alza le mani per benedire il pubblico, le maniche cigolano e si fessurano sui gomiti. Caraceni sta studiando nuovi tessuti, più pratici e informali, come il cachemire steccato con listelli di tek. Sempre blu scuro, ma ingentilito da fiori di stagione all'occhiello: la fedelissima Miti Simonetto ha pensato a un fico beniamino per le occasioni importanti e a una composizione di gardenie, orchidee e banane per quelle più informali. Nuovo taglio molto morbido per la giacca, arrotolata sui fianchi e fissata con due spille da balia per evitare che Silvio inciampi nei risvolti mentre cammina.

Etichetta

Nel rigoroso rispetto delle normative europee, gli ingredienti di Berlusconi dovranno essere indicati per esteso in una parte perfettamente visibile della confezione, accanto al codice a barre. C'è dibattito, in Forza Italia, sulla soluzione migliore: Baget Bozzo ha proposto di applicare l'etichetta sull'aureola, che però rischia di ciancicarsi tra le ruvide dita delle cassiere; Schifani è per un più combattivo tatuaggio sul seno (appena rifatto, ricalcato sulla morfologia di Laetitia Casta: prima della plastica, Berlusconi aveva un seno molto simile a quello di Rita Levi Montalcini); Bondi preferirebbe il ginocchio, più comodamente leggibile da vicino. Deciderà, come sempre, la fedelissima Miti Simonetto, che propone di stampigliare l'etichetta sull'ampia fronte del premier, illuminata da un pratico spot alogeno fissato su un simpatico e informalissimo cappello piumato a larghe tese, con orlo di ermellino e allegra sirena bitonale sulla cima.

Posizionamento di mercato

Giudicato già soddisfacente, può essere migliorato. Per una miglior penetrazione fra i giovanissimi, Berlusconi a Palazzo Chigi indosserà pantaloni da rapper, con il cavallo all'altezza delle rotule e la cintura all'altezza delle balle, e per lo struscio a Portofino userà lo skateboard. La fedelissima Miti Simonetto propone anche le pratiche felpone di Caraceni – con i bozzi sui gomiti già inamidati all'origine e un grosso Orso Yogi stampigliato sul petto – e un leggerissimo maquillage tipo Harlem, ottenibile con il nerofumo di Fabergé o dormendo due o tre ore sotto una lampada Uva. Per conquistare gli anziani, il premier sta studiando una nuova camminata artritica, piegato a sessanta gradi, trascinandosi un carrello della spesa semivuoto per simboleggiare la sua solidarietà con i pensionati vittime del caro-prezzi.

Riassumendo

Come sarà il nuovo Berlusconi? È la fedelissima Miti Simonetto, venendo meno al suo proverbiale riserbo, a descrivercelo: "Dovete immaginare un leader con la giacca di cachemire arrotolata sui fianchi e i pantaloni da rapper che avanza in skateboard con un cappello piumato a larghe tese e una sirena bitonale in testa, un riflettore portatile che gli illumina la fronte annerita, un fico beniamino all'occhiello, che trascina un carrello della spesa camminando curvo anche per non ostentare troppo il suo magnifico seno. E tutto questo, comunque, non dovrà dare nell'occhio: il prodotto Berlusconi ha carisma in sé, l'immagine è appena una modesta cornice per un contenuto che parla da solo".

Bush e lo tsunami

Le Società di psicoanalisi di tutto il mondo stanno studiando la nuova, preoccupante svolta del caso Bush, che si è proclamato "comandante" dei soccorsi umanitari nel Sudest asiatico. Secondo i primi commenti, è del tutto normale che il presidente sia apparso in tivù solo tre giorni dopo la tragedia: sono i tempi di reazione normali in un soggetto che ha bisogno di almeno due giorni per capire cosa gli stanno dicendo, e nel caso in questione pare che Bush non avesse sentito il telefono perché indossava il costume da Babbo Natale e la barba di ovatta gli aveva occluso le orecchie. Meno normale è che il paziente, con una grave ricaduta della sua sindrome ossessiva, parli di un'operazione umanitaria come se fosse una campagna bellica, e si sia presentato alle telecamere in tuta mimetica, per giunta dimenticando di togliersi la barba finta che ha reso poco intelligibili le sue parole.

I più stretti collaboratori (la moglie Laura, le figlie, l'assistente sociale) hanno cercato di spiegargli che il maremoto non era doloso, ma Bush è convinto che surfisti arabi abbiano comunque dirottato l'onda anomala verso le coste affollate di turisti occidentali, tra i quali suo cugino Dummy, governatore di due o tre stati del Middle West, che non è riuscito a salvarsi perché è rimasto incastrato nella sedia a sdraio. Difficili anche i primi rapporti con gli ambasciatori dei paesi colpiti: Bush ha accettato di parlare con loro al telefono solo dopo averli fatti perquisire da uomini dell'intelligence. A ciascuno di essi ha poi chiesto di indicare con chiarezza dove fosse il loro paese, rendendosi subito conto delle gravi difficoltà logistiche che una catastrofe così estesa comporta: non era facile tenere la cornetta del telefono con una mano e con l'altra sfogliare l'atlante geografico, specie perché Thailandia e Sri Lanka sono su due pagine diverse, e la pagina con le Maldive era stata strappata dalla nipotina Sarah (governatrice di uno stato) per una ricerca scolastica.

Riunito lo staff d'emergenza (composto da venti generali di corpo d'armata e un cappellano militare), Bush ha stabilito che la prima, evidente emergenza è indire libere elezioni in tutti i paesi colpiti dal disastro, invadendoli. Si è dunque informato sulle armi di distruzione di massa in possesso di quei regimi, grazie a un minuzioso rapporto di Condoleezza Rice. Desta molta preoccupazione la presenza (documentata) di cerbottane con frecce avvelenate nella giungla interna di Sumatra, ma non si sottovaluta la pericolosità delle flottiglie di piroghe, velocissime e infide, e delle terribili catapulte delle Isole Andamane, ottenute flettendo le palme e lanciando le noci di cocco fino a molte miglia di distanza. Ne ha fatto le spese un cognato di Bush, governatore delle Hawaii, colpito in mezzo al Pacifico da una noce di cocco lanciata dalle Andamane mentre pescava merluzzi a bordo del suo motoscafo d'altura, il *Popeye*.

Una volta introdotta la democrazia nel Sudest asiatico, Bush affronterà il problema successivo: come cazzo si scrive "tsunami", e come impedire che nuovi tsunami siano deviati contro le coste americane dell'Ovest, o magari dell'Est, a seconda di come si tiene in mano il fottuto atlante. Sono allo studio diversi progetti. Il primo consiste nel bombardare frontalmente, in tutto il mondo, ogni onda superiore al mezzo metro, ma è stato giudicato troppo costoso e vede la forte opposizione del ramo californiano della famiglia Bush, appassionata di surf. Il secondo prevede la costruzione di una enorme diga, a un miglio dalla costa, che circondi tutta l'America del Nord, con garitte ogni cinquecento metri per segnalare eventuali sbarchi saraceni e attacchi di squali. Quanto ai soccorsi ai paesi colpiti, Bush ha già stabilito un primo invio, un milione di ombrelloni e diversi container di ombrellini da cocktail: pare sia rimasto sconvolto dalle terribili immagini con migliaia e migliaia di olive e bottiglie di Martini che galleggiano sul mare di quei paesi devastati.

Islam

È stato recentemente calcolato che le componenti culturali e religiose in cui è diviso l'Islam sono 174 (si sale a 175 considerando anche Franco Cardini). In totale disaccordo l'uno con l'altro, i diversi Islam si combattono da secoli sanguinosamente, e ciascuno ha come attività prediletta il tentativo di sterminare il nemico interno (da qui i numerosi studi che sostengono l'origine islamica della sinistra italiana). Ma un'antica profezia araba dell'VIII secolo così recita: "Verrà il Grande Quqbar, e con un solo gesto saprà riunire l'Islam in un solo grande popolo". L'etimologia di "Quqbar" è controversa: secondo alcuni significa "presidente", secondo altri "imbecille", e comunque entrambe le interpretazioni convergono sulla figura di George W. Bush. Il Grande Quqbar non può che essere lui, che è riuscito in pochi mesi a mettere d'accordo sunniti e sciiti, Baghdad e Teheran, palestinesi e giordani, indonesiani e marocchini, Hamas e Afef. L'ira furibonda per l'invasione dell'Iraq è così massiccia e concorde che le inimicizie interne sono scomparse come per incanto. Dal punto di vista islamico, un capolavoro politico che neanche il più sagace e prestigioso dei leader arabi avrebbe mai lontanamente concepito.

Secondo alcuni ulema (che nessuno ha capito bene cosa siano, ma in un articolo sull'Islam vanno comunque citati), il contributo di Bush alla causa del mondo arabo è stato superiore perfino a quello di Lawrence d'Arabia. Al punto che in alcune scuole coraniche circola una leggenda: Bush sarebbe in realtà uno sceicco wahabita, espulso in gioventù dall'Università di Riad perché durante le esercitazioni di scimitarra aveva evirato per sbaglio il rettore. Per riscattarsi, e per volontà di Allah, si sarebbe candidato alla Casa bianca con la missione recondita di distruggere gli Stati Uniti e islamizzare la Terra. Questa lettura, pur se ampiamente suffragata dai fatti storici in corso (recentemente, maneggiando un coltello da roast-beef, Bush ha evirato per errore il suo labrador), comincia a preoccupare molti intellettuali arabi: tra gli studenti delle scuole coraniche pare si stia diffondendo un vero e proprio culto di Bush. "Uno che fa delle stronzate così grandiose ai danni dell'Occidente," dicono i laureandi in Digiuno e Supplizio del ridente campus coranico di Quammallah, nel deserto di Baktir, "non può che essere dei nostri."

La diceria dell'origine saudita di Bush, smentita dalla fisiognomica (il presidente, come molti anglosassoni e a differenza dei semiti, è sprovvisto di naso), trova però una singolare conferma nella seconda parte della profezia: "Al fianco del Grande Quqbar comparirà una Dama nera, che gli dirà le parole giuste da dire, e soprattutto gli spiegherà che è inutile dirle quando il microfono è spento". Scartata l'ipotesi che la Dama nera sia Michael Jackson (infatti non è nero), è ormai opinione diffusa che si tratti di Condoleezza Rice. Di origine libica (il vero cognome è Raiss), la Rice si finge nera (con il metodo Pece Keeping) su scaltro suggerimento degli analisti elettorali, che dopo un elaborato studio le hanno spiegato che mentre i neri, in America, sono venti milioni, i libici sono trentadue persone in tutto. È lei il vero falco dell'amministrazione Bush: mentre le colombe propendevano per una semplice distruzione dell'Iraq, la Rice propone di ritagliare l'Iraq e trasportarlo al largo dell'Alaska per cambiarne il clima, ostile agli interessi economici americani che in questa fase puntano tutto sugli sport invernali. Alla luce dei fatti, l'imam della moschea di Quorum (dove ha sede la scuola coranica che studia i flussi elettorali) ha lanciato una durissima fatwa contro il candidato democratico Kerry: "Allah ci preservi in eterno l'amministrazione Bush". E in tutte le moschee della Terra si prega perché il Grande Quqbar continui a lavorare per la ritrovata unità dell'Islam.

Rive Gauche e caso Battisti

Gli intellettuali francesi hanno accolto con preoccupazione e sgomento l'arresto a Rio dell'ex terrorista Cesare Battisti, e si sono offerti di scrivere loro, una frase a testa, il capitolo conclusivo dell'ultimo romanzo del latitante, lasciato incompiuto. Dai tempi in cui definirono Bologna "capitale mondiale della repressione" (la definizione fu di Félix Guattari e Maria Antonietta Macciocchi dopo aver pagato venticinquemila lire per un piatto di lasagne, nel 1977), gli intellettuali francesi non hanno smesso di occuparsi della grave situazione del nostro paese. Due i principali capi d'accusa che da Parigi muovono a Roma: non aver ghigliottinato il re dopo il referendum, o almeno Aldo Moro dopo il rapimento, e la totale assenza, nella Costituzione, di norme specifiche in favore degli scrittori di noir. In attesa degli sviluppi della vicenda Battisti, vediamo quali sono gli altri casi scottanti.

Mario Marioni

L'ex capo delle Brigate Proletarie Armate per la Costruzione del Nucleo Combattente del Partito Rivoluzionario Antimperialista, con il nome di battaglia di "Sintesi" fu protagonista di una cinquantina di rapine e un paio di omicidi. Esule a Parigi, scrive romanzi erotici di grande successo e ha aperto sulla Rive Gauche una piccola libreria specializzata in opere dei latitanti di tutto il mondo, molto frequentata da Bernard-Henri Lévy e dagli agenti di polizia dei cinque continenti, che gli chiedono i documenti quasi ogni mattina. Ogni giovedì, tra gli applausi degli amici, Marioni appallottola una richiesta di estradizione e la inghiotte.

Gilberto Curcio

Meno noto del fratello Renato, fu il fondatore di un gruppo armato alternativo che si proponeva di abbattere lo stato con assalti all'arma bianca. Fu arrestato mentre caricava una colonna dei carabinieri con la sciabola sguainata. Ancora oggi sostiene che la lotta armata fu sconfitta a causa della mancanza di una cavalleria efficiente. Evaso dall'Asinara grazie alla complicità di un secondino che non sopportava più i suoi racconti di duelli, è rifugiato a Parigi e scrive libretti d'opera di grande successo, quasi tutti musicati da Bernard-Henri Lévy. Ha aperto una piccola libreria sulla Rive Gauche, specializzata in pubblicazioni sulle armi da taglio, molto frequentata da macellai, maître di ristorante e chirurghi.

Sandra Kuberhauser

Primula rossa di Sud Tirolo Comunista, scelse la lotta armata perché era l'unica comunista del Sud Tirolo. Dotata di un carattere ferreo, pur essendo l'unico membro del suo gruppo terrorista si mise sotto processo sospettandosi di cedimento al nemico. Venne espulsa dalla Val Pusteria perché nel corso di una rapina a mano armata distrusse alcuni vasi di gerani, reato infamante per quelle popolazioni. Vive a Parigi dove scrive romanzi in tedesco, tradotti da Bernard-Henri Lévy, di grande successo nel suo isolato e in quello di Lévy. È facile vederla sull'uscio della sua piccola libreria, in piena Rive Gauche, mentre con modi spicci cerca di convincere i clienti a entrare da lei e non nelle librerie accanto, gestite da latitanti concorrenti.

Filippo Strippa

È l'unico ex terrorista italiano molto malvisto dalla comunità intellettuale di Parigi, perché ha aperto una pescheria invece di una piccola libreria. Ricchissimo grazie alle ostriche, gentile con tutti, ha cercato di farsi benvolere dedicandosi alla letteratura, ma i suoi racconti sulla pesca sono di pessima qualità e le poche copie stampate, sistemate tra le cassette di calamari, hanno un odore disgustoso. Soltanto Bernard-Henri Lévy, per solidarietà, ogni tanto ne acquista una per incartarci le cozze. Strippa, fallito come scrittore, ha provato a ripiegare sulla correzione di bozze, correggendo i dattiloscritti degli altri latitanti. Ma è così negato che non si accorge dei refusi, e anzi aggiunge di suo pugno gravissimi svarioni, imbrattando i fogli con schizzi di nero di seppia. Gli intellettuali francesi, con l'esclusione del solo Lévy, ne chiedono insistentemente l'estradizione.

Le nozze reali

Con il matrimonio dell'erede al trono di Spagna, ultimo fondo di magazzino, si è esaurito il format televisivo "nozze reali". Produttori e pubblicitari sono molto preoccupati, perché questi eventi sono straordinariamente redditizi. Tutte le spese di produzione, infatti, sono a carico dello stato organizzatore, compreso lo strepitoso casting di caratteristi (re, regine, principesse, duchi, vecchie befane col cappellino, ambasciatori gottosi, cortigiani imparruccati, cavalli lipizzani, cardinali, generali, cocchieri, popolo bue) che costerebbe un sacco e per giunta è introvabile attraverso le normali agenzie, nessuna delle quali ha a disposizione, per esempio, un attore in grado di rovesciare il minestrone di ostriche sullo strascico della sposa con la magnifica naturalezza di Carlo d'Inghilterra. Neanche il grande Peter Sellers ci sarebbe riuscito. Per non lasciar cadere un genere di successo e a costo zero, si sta pensando a varie soluzioni.

Il remake

Di alcune nozze reali, per esempio quelle tra Ranieri di

Monaco e Grace Kelly, esistono solo registrazioni radiofoniche, usurate e con la voce del radiocronista poco intelligibile perché, relegato nel salone del buffet, parlava con la bocca piena. Per giunta, l'idiota era convinto si trattasse del Gran Premio di Monaco e continuava a domandare ai camerieri l'ordine d'arrivo. Si sono perdute le tracce anche del matrimonio fra lo scià di Persia e Soraya: l'unica telecamera, all'epoca, fu oscurata da un elefante imbizzarrito proprio durante il fatidico "sì". Si sta dunque pensando di ricostruire quelle fastose cerimonie, con controfigure laddove gli sposi siano deceduti. Luoghi e arredi saranno restituiti all'antico splendore: dalla reggia di Monaco, la cui struttura in marzapane si è afflosciata negli anni, al sontuoso Trono del Pavone di Teheran, ben conservato ma usato come scarpiera dall'ayatollah Kalkalì.

L'Oriente

Ancora poco sfruttato, l'Oriente può fornire scorte imprevedibili di cerimonie regali, esotiche e fastose. Il sultano dell'Oman, per esempio, si sposa ogni primo lunedì del mese con una vergine (l'opposizione in esilio sostiene che è sempre la stessa). La sposa indossa uno speciale e prezioso burqa, una pressofusione ricavata dalle coppe dell'olio dei camion Scania. Le nozze seriali omanite si farebbero apprezzare, televisivamente, per la magnificenza dell'ambientazione, la leggendaria reggia di Qmom, un enorme castello nel deserto realizzato a mano con la tecnica dei pirulini di sabbia e costruito dalla dinastia qmomaita utilizzando, secondo la tradizione, solo paletta e secchiello. Favoloso l'imminente matrimonio tra il rajah di Rawalpindi e la principessa di Lahore, con tigri bianche, altare di lapislazzuli, corone di zaffiri, concerto di trombe e tamburi e contributi statali per il circo. Molto ambite, ma introvabili, anche le nozze del Gran Visir dei nomadi.

I Savoia

Le principali case di produzione hanno scovato un rampollo finora sconosciuto di un ramo cadetto, Vittorio Filiberto, detto Vifì, che fa il magazziniere a Cuorgné. Per soffocare lo scandalo (è l'unico dei Savoia che lavora), la famiglia lo ha diseredato. Purtroppo, Vittorio Filiberto ha fatto sapere per bocca del suo convivente che odia le donne, e ha rifiutato la proposta di sposare a *Domenica in* la vincente di una selezione regionale per Miss Mantenuta.

Seconda serata

Ormai da seconda serata, o addirittura da intervista con Cristina Parodi, le quinte nozze di Stéphanie di Monaco. Dopo aver sposato uno stuntman, il gestore di un'agenzia di recupero crediti, un istruttore di deltaplano e un cronometrista della McLaren, la principessa si è innamorata di un giocatore professionista di tressette, conosciuto a un chiosco di angurie. Si sposeranno tra un mese a Frosinone, città d'origine dello sposo. L'asta per i diritti televisivi è andata deserta. Leggermente più alte le quotazioni della sorella maggiore Caroline, alla sua undicesima gravidanza: ha venduto per duecento euro l'ecografia a un sito internet, che la diffonde nella rubrica "in breve".

Lupo Solitario e i suoi emuli

Con la morte prematura del bandito Luciano Liboni, detto "Lupo Solitario", i media italiani sono costretti a fare i conti con una vera e propria emergenza. Liboni, come caso dell'estate, ha molto deluso: si contava su una latitanza che durasse almeno fino a Ferragosto, con qualche sparatoria intermedia e un'intervista con Paolo Crepet sulla spiaggia di Castiglioncello. Invece, il Liboni si è fatto abbattere quasi subito, per giunta in assenza di telecamere, lasciando giornali e tigì in gravi difficoltà. Per porre rimedio, nelle redazioni si stanno nervosamente compulsando gli elenchi dei possibili nemici pubblici sostitutivi.

Saro Pelosi detto "Lupo Solitario"

È uno dei killer più feroci di Cosa nostra. È l'unico che riesce a uccidere strangolando, accoltellando, crivellando di pallottole, incaprettando, sciogliendo nell'acido e buttando il corpo in una colata di cemento, operazioni che compie contemporaneamente su ogni vittima. Da quindici anni vive in Australia, dove ha aperto un negozietto di alimentari sotto falso nome: Jim Jones detto "Lupo Solitario". Se nessuno gli rompe i coglioni, può anche darsi che se ne resti laggiù senza dare fastidio, ma una troupe del Tigì Cinque lo ha già individuato e sta cercando di convincerlo a tornare in Italia per pagare i suoi debiti con la giustizia e con la tivù, possibilmente dopo uno scontro a fuoco con i carabinieri.

Gino Brembilla detto "Lupo Solitario"

Deputato della Lega, nelle risse parlamentari si è conquistato la fama del duro riuscendo a vomitare ripetutamente sui banchi dell'opposizione. Nei giorni di maggior vena politica, è in grado anche di lanciare le proprie feci. Per rendere più efficace la sua attività parlamentare mangia solo trippa e cavoli. Nativo di una valle laterale della montagna bresciana, chiusa al traffico dal Medioevo in seguito a una grande frana, ha favorito il gemellaggio con le comunità appalachiane che sparano ai turisti. In coerenza con il motto, "Mogli e buoi dei paesi tuoi", ha sposato la sorella Gina. Ha presentato un progetto di legge contro i finocchi, illustrandolo in aula a gesti per supplire alle sue difficoltà di eloquio.

Abdul Yussuf detto "Lupo Solitario"

Crudelissimo e astuto, ha iniziato la carriera criminale truffando i clandestini: li costringeva a traversare il Mediterraneo, partendo dalle coste libiche, stipati a decine sul suo materassino di gomma, raccontandogli che i viveri erano sottocoperta. È stato smascherato da una famiglia di curdi: aveva garantito l'arrivo in un paese meraviglioso e invece li ha portati a Barletta. Braccato dalle guardie costiere di mezzo mondo, ha dovuto cambiare ramo, passando a un'attività delinquenziale più efferata: organizza voli charter per i villaggi turistici del Mar Rosso.

Gavino Porcu detto "Lupo Solitario"

È l'ultimo bandito della Barbagia. Novantunenne, vive nascosto nei giardini pubblici di Orgosolo, accanto al municipio, accudito con affetto dalle impiegate comunali. La sua latitanza iniziò nel 1931, quando si diede alla macchia dopo avere rubato un maialino, uno spiedo e due sacchi di carbonella. Da allora vive di furti di bestiame e di attrezzi da cucina all'aperto. Non lo cerca più nessuno da quando il suo fascicolo giudiziario è stato allegato per errore a una tesi di laurea sulla gastronomia barbaricina.

Gisella Cornaglietti detta "Lupo Solitario"

Casalinga di Piacenza, ha ucciso il marito che voleva impedirle di partecipare a *Velone extralarge*, concorso tivù per anziane obese. Poi si è lanciata lungo l'autostrada per Rimini: la polizia ha disseminato il percorso di posti di blocco, ma non è facile individuarla perché Gisella non ha la patente e si sta spostando a piedi. Per fortuna degli inquirenti, lascia la traccia del suo telefonino: mentre cammina verso la Romagna si sta iscrivendo a tutti i concorsi possibili, compresi quelli canini. Per attirarla in trappola, le forze dell'ordine contano molto sulle telecamere degli autogrill: ogni volta che ne vede una, Gisella si trucca, saluta con la mano e comincia cantare *Piccolo grande amore*.

2005

L'anno di quando un rumeno che dormiva in un cassonetto
venne tritato insieme ai rifiuti,
di quando eravamo tutti intercettati,
di quando gli americani spararono contro un italiano
che non si era fermato allo stop,
dell'ondata di freddo, di Katrina, della Devolution,
dell'ultimo focolaio di influenza aviaria,
della riforma della giustizia, del processo alle Bestie di Satana
e di quando a San Pietro si insediò un pastore tedesco.
E di quando non si poté più fumare al ristorante.

L'umore del Nord

A che cosa è imputabile la recrudescenza della Questione settentrionale? Gli esperti concordano: la Questione settentrionale si è aggravata a causa dell'incomprensione della sinistra, incapace di cogliere le istanze profonde del Nord. Ecco dunque un breve prontuario di comportamento per le persone di sinistra desiderose di cambiare finalmente atteggiamento.

Razzismo

Durante l'annuale Festa del Mestolone, in Val Trompia, vedete un energumeno travestito da guerriero cimbro che estrae dalla bisaccia di pelle di capra un randello e insegue un tunisino. Non cedete al pregiudizio: tirare in ballo il razzismo è pura pigrizia culturale. Quell'uomo è il sindaco, eletto con l'80 per cento dei voti, e sta celebrando la sua riscoperta delle radici ataviche, ubriacandosi di sidro e difendendo il focolare. Anche se il sidro vi ripugna, bevetene un bel boccale insieme a lui, indossate l'elmo cornuto che vi porge, recitate la preghiera druida e attendete l'alba cardando la lana grezza con uno spazzolone di ferro. Solo al primo lucore dell'aurora, quando sarete ben certi di non aver urtato la sensibilità del sindaco, potrete chiamare l'ambulanza per il tunisino agonizzante.

Tasse

Il padre del compagno di banco di vostro figlio è un piccolo industriale. Produce componenti per macchine a tubo. Ogni volta che vi incontra, vi deride perché pagate le tasse pur avendo un reddito che è un quarto del suo. Perché contrariarlo? Solo per sbattergli in faccia la vostra cosiddetta superiorità civica? Dimostratevi spiritosi, piuttosto: ridete insieme a lui del fatto, in effetti molto spassoso, che siete voi, pur meno abbienti, a pagargli la sanità, la scuola del figlio, l'asfaltatura delle strade sulle quali sfreccia con la sua enorme Audi intestata a una società di leasing panamense. Perderete qualche grado della vostra spocchia di sinistra e guadagnerete un amico: per compensarvi, vi regalerà componenti per macchine a tubo. Se non sapete cosa farne, è perché vi sfugge la dinamica dell'economia del Nord.

Cultura

La nuova giunta della vostra cittadina ha appena ridotto la cifra per le attività culturali da ventimila a cento euro, stanziandoli per l'acquisto di venti pesci rossi per la fontana civica. Se volete rendervi odiosi, facendo pesare a gente che lavora la vostra presunta cultura, protestate pure. Non farete che approfondire il solco tra la sinistra snob e i genuini sentimenti popolari. Meglio, dunque, stabilire una collaborazione, mediando tra le vostre ubbie intellettuali e lo stato delle cose: proponete di realizzare, come programma culturale, una coreografia per pesci rossi, da far dirigere con una bacchetta di legno al presidente della provincia. Lui si sentirà gratificato, voi avrete la vostra attività artistica del cazzo: che volete di più?

Etica sessuale

Vi dà fastidio che Calderoli inveisca contro i culattoni? Non sopportate che il vostro garagista sia andato al Family Day con l'amante rumena dicendo alla moglie che andava a Roma a comperare uno spinterogeno? Vi ribellate se il parroco definisce "contro natura" gli omosessuali? Be', vuol dire che vivete rinchiusi da anni nei vostri salotti fichetti, e non frequentate più i luoghi normali, come un bar pieno di camionisti turchi, il reparto punitivo di una caserma della Legione straniera, un chiosco bazzicato dai clienti delle prostitute. Avete perso i contatti con i sentimenti delle persone semplici. Siete voi che dovreste vergognarvi.

Smog

Eravate convinti di essere in un garage sotterraneo e avete chiesto dov'era l'uscita. Vi hanno risposto che eravate già usciti e quel velo catramato sopra di voi era il cielo di Lombardia, così brutto quando è brutto. Be', non fatela troppo lunga. L'operosità padana ha già pensato a tutto. Quando lo smog sarà così denso da formare una cupola compatta, basterà metterlo in sicurezza con un paio di tiranti da Torino a Trieste, e il Nord diventerà il più grande capannone del mondo. Non fate quella faccia, il Nord si offende se siete tristi.

Allarme aviaria

Come riconoscere una gallina infetta? Basta uno starnuto a rivelare la presenza del virus, o è necessario che l'animale tossisca? È giustificata la decisione del ministero della Sanità di acquistare da una multinazionale (di proprietà della cognata del ministro) cinquecento milioni di termometri per gallina? E come inserirli correttamente nel retto del volatile senza danneggiare le uova? Perché i tacchini, da qualche settimana, si soffiano continuamente il naso con le penne caudali del vicino di stia? Il fischione, il barbagianni, il cannareccione e il picchiapergole sono categorie a rischio? Se sì, come identificare con certezza un picchiapergole?

Sono solo alcune delle domande che l'opinione pubblica pone alle autorità sanitarie. Morire di cancro, ictus, infarto, oppure spiaccicati in un cantiere dell'Autosole, o freddati dalla 'ndrangheta, fa ormai parte della banale routine. È l'influenza aviaria (duecento morti in Asia in dieci anni, pari allo 0,000000001 per cento dei decessi) a terrorizzare l'Occidente. Vediamo di mettere un po' d'ordine nel flusso incontrollato delle notizie.

Comportamenti a rischio

I rapporti sessuali con gli animali da cortile devono essere protetti. L'uso del preservativo, benché vietato dalla chiesa, è consigliato. Vietatissimo consumare carne di pollo cruda, usanza sconosciuta fino a pochi giorni fa ma ormai indotta, per il piacere della sfida, tra gli adolescenti ribelli delle periferie urbane, che addentano le buste di petti di pollo al supermercato ingerendo anche il cellophane, con grave rischio di soffocamento. I più audaci prediligono le confezioni di pollo cinese, riconoscibili dai lampioncini rossi appesi ai lati della scatola e dal prezzo inferiore a quello della segatura.

Piccioni

I piccioni stanno sulle balle perfino agli animalisti. Questo facilita il piano di sterminio stabilito dalle autorità: partecipa, entusiasta, l'intera popolazione italiana, affacciandosi alle finestre con doppiette, roncole, fionde e frecce avvelenate, al grido di: "Così la pianterete di cagarmi sul davanzale!". Preoccupazione in Toscana, dove il piccione ripieno è un piatto tradizionale. Si potrà ovviare con una piccola variante della ricetta classica: il ristorante Da Cenciaccio ha già lanciato un piccione ripieno di sulfamidici e kleenex.

Antivirali

Saranno efficaci? Nel dubbio, si consiglia di ingerirne a manciate, prima e dopo i pasti, scegliendo da confezioni di colore diverso. La pandemia avanzerà con maggior difficoltà, a causa del decesso anticipato di buona parte della popolazione per abuso di farmaci.

Aeroporti

Ogni check-in sarà affiancato da un chicken-out. Sono stati attivati nuovi metaldetector modificati che identificano i passeggeri che portino nelle tasche cosce di pollo o rigaglie di cappone. Problemi a Linate per la settimana della Moda: parecchie top model non sono passate al controllo elettronico, che segnalava sul display la presenza di cervello di gallina. Il piano antiterrorismo è scattato nello scalo di Orio al Serio quando si è avvicinato al metaldetector un villico del posto, Renzo Tramaglino, recando in mano quattro capponi vivi. Al largo di Lampedusa, segnalato un barcone carico fino all'inverosimile di tacchini turchi: erano in condizioni inumane. Hanno chiesto asilo politico, ma si sono lamentati per lo stato disgustoso del centro d'accoglienza.

Caccia

Si esita a limitarla, per non mortificare le tradizioni popolari. La lobby degli uccellatori bresciani (che catturano i cardellini nascondendosi sotto una coltre di foglie secche, a fauci spalancate, aspettando che i volatili gli cadano in bocca) condiziona circa la metà del parlamento. Decisi a resistere anche i cacciatori calabresi, specie quelli che praticano la caccia ai tordi con la tagliola. Le tagliole, lunghe quattro metri e dalle ganasce potentissime, scattano a ogni minima vibrazione: da secoli vengono poste lungo i marciapiedi cittadini. Quanto all'attività venatoria sul Delta del Po, il sindacato dei pointer e dei setter ha chiesto di munire gli iscritti di dentiere sterili, per poter afferrare la preda senza conseguenze.

Ristoranti cinesi

È tutto sotto controllo. Dovete insospettirvi solo se il cameriere, delirando per la febbre, vi serve pollo e bambù scatarrando sul piatto e pulendosi continuamente il naso con la manica. In quel caso, chiamate il 118 e segnalate che il bambù non è abbastanza cotto.

Riforma della giustizia

La riforma della giustizia è alle porte. Ne pubblichiamo un ampio sunto.

Separazione delle carriere

Non riguarderà solo i magistrati (che fin dall'Università saranno divisi in matricole inquirenti, riconoscibili per il berretto da Sherlock Holmes e la lente d'ingrandimento, e matricole giudicanti, obbligate a indossare il cappuccio da boia e a mulinare un'ascia), ma anche gli imputati. In un vero stato di diritto, l'imputato inquisito e l'imputato giudicato non potranno più essere la stessa persona, per l'evidente ragione che hanno interessi comuni e tenderebbero a coprirsi l'un l'altro, inficiando la ricerca della verità. L'inquisito, chiusa l'istruttoria contro di lui, dovrà dunque nominare un imputato che lo sostituisca in Tribunale. Costui, all'oscuro delle accuse mossegli, avrà l'indipendenza e la freschezza necessarie per difendersi dall'accusa di stupro, omicidio o quant'altro, senza oltre tutto tediare la Corte con la ripetizione pedissequa delle dichiarazioni già rese in istruttoria dall'inquisito. L'inquisito che non abbia i mezzi per pagarsi un imputato d'alto profilo professionale potrà giovarsi di un imputato d'ufficio, scelto nelle liste di disoccupazione.

Garanzie

Verrà reintrodotta l'immunità parlamentare, estesa agli elettori del deputato sotto accusa. Il governo osserva infatti, molto giustamente, che l'autonomia della politica non deve riguardare esclusivamente gli eletti, ma anche gli elettori. L'arresto dell'elettore mafioso di un deputato mafioso sarebbe ugualmente grave, come condizionamento delle libertà politiche, dell'arresto del deputato. L'immunità di entrambi mantiene integra la filiera dei diritti politici.

Processo penale

Il lodo Taormina stabilisce che l'avvocato difensore, per meglio esercitare il diritto di difesa, potrà chiedere il trasferimento del processo in altra sede e soprattutto in altra epoca, in modo da giovarsi dell'ordinamento giudiziario più favorevole all'imputato. Il processo di Cogne, ad esempio, potrà essere celebrato solo nel Borneo del XIII secolo, ove l'infanticidio rituale era perfettamente legale. Le domande dell'accusa, in quanto palesemente accusatorie, d'ora in poi saranno ritenute inammissibili. Infine, per colmare l'attuale, scandaloso gap in favore dell'accusa, la difesa avrà il diritto di entrare in aula trenta minuti prima della Corte, per correggere con il pennarello le carte del pubblico ministero e sistemare le sedie dei giudici in modo che guardino verso il difensore e voltino le spalle al piemme, tanto quello grida già di suo a causa del brutto carattere.

Giudice di pace

Indosserà una toga arcobaleno. Verrà scelto tra affermati professionisti di altre categorie (soprattutto chirurghi di turno e piloti Alitalia in servizio), perché avendo poco tempo da perdere sarà indotto a esortare querelanti e querelati a mettersi d'accordo senza rompere troppo i coglioni. Potrà snellire le pratiche arretrate estraendone fogli a caso, fino a ridurre la pila a pochi centimetri d'altezza, istruibili in un solo breve processo che riassuma tutti i precedenti.

Berlusconi

I procedimenti in corso contro il presidente del Consiglio vengono trasformati in un reality show a eliminazione, nel quale i piemme devono cercare di sopravvivere su una zattera alla deriva, pescando con le mani e rispondendo alle domande di Teo Mammucari sui crimini del comunismo. Il piemme superstite, nudo e martoriato dalle ustioni solari, sarà rinchiuso in un faro islandese dal quale avrà il diritto di interrogare Berlusconi con l'alfabeto Morse. Il verdetto sarà emesso con il televoto. Se il piemme saprà dimostrare la sua buona fede, potrà cavarsela con una pena simbolica: l'espulsione dalla magistratura e il ritorno a casa in motoscafo, con Teo Mammucari che gli rivolge domande sui crimini della magistratura.

Fuoco amico

Il termine "fuoco amico" fa parte delle più antiche e solide tradizioni americane, come il barbecue e la torta di mele. Le sue origini sono molto remote: secondo alcuni storici, il primo caso di fuoco amico si verificò quando il reverendo Moses Tribulation, appena sceso dalla *Mayflower*, ebbe una disputa teologica con altri padri pellegrini a proposito del concetto di predestinazione. Per dimostrare che tutto avviene per volontà di Dio, Tribulation sparò due colpi di spingarda a occhi chiusi, centrando la moglie e il figlio undicenne. Altre fonti citano il caso dell'anziano pistolero Buddy Loack (detto "Cataratta"), che durante un duello sulla strada principale di Dodge City uccise nove suore convinto che fossero banditi messicani. "Erano sagome piccole e grasse, e giurerei che avevano i baffi," si giustificò Buddy dopo la sparatoria, quando venne informato che non solo erano suore, ma non si trovava neppure a Dodge City, bensì nella mensa di un convento in Pennsylvania. Questo per quanto riguarda la leggenda. Restando alla verità storica, gli episodi di fuoco amico, dalla guerra di Secessione fino all'Iraq, sono molteplici. Questi i principali.

Little Big Horn

Circondati dagli indiani, il generale Custer e i suoi uomini si erano disposti nella caratteristica posizione a cerchio. Fu fatale una frettolosa consultazione del *Manuale dell'Accademia militare*, che Custer aveva sempre con sé: poiché gli erano caduti gli occhiali, e per giunta teneva il libro a rovescio, il generale saltò una riga e lesse "sparare verso l'interno" anziché "per carità, non fate mai la stronzata di sparare verso l'interno!". Non ci furono superstiti. Alla figura di Custer si ispira ancora oggi molto cinema, dal ciclo dell'ispettore Clouseau alle pubblicità progresso contro l'abuso di alcolici.

Vietnam

Durante un volo radente, il pilota di un elicottero da combattimento statunitense scommise con il suo secondo che avrebbe volato così basso da poter leggere distintamente il numero di scarpe dei vietcong. Essendo i vietcong scalzi, il pilota perse la scommessa e nel frattempo decapitò con le pale una colonna di marine al completo.

Dallas

Non è vero che Lee Oswald intendeva uccidere John Kennedy. Voleva solo mettere fuori uso il parchimetro davanti all'ufficio, come ogni mattina, perché non aveva le monetine per prolungare la sosta. Il corteo presidenziale passò davanti al parchimetro nel momento sbagliato. Vera, invece, la versione secondo la quale fu un mafioso a uccidere per vendetta lo stesso Oswald: la mafia gestiva i parchimetri cittadini ed era esasperata dal comportamento di Oswald.

Somalia

Appena sbarcati in Somalia, per colpa di ordini lacunosi i marine chiesero ai pescatori del luogo le indicazioni per Parigi. Di fronte alle risposte confuse dei locali, che rifiutavano di parlare francese e sorridevano in modo infido, i marine persero la testa e lanciarono granate contro un villaggio turistico, infliggendo una morte orribile a sei animatori. L'incidente è caduto nel dimenticatoio perché nessun ente internazionale si è sentito di assumere le difese degli animatori.

Saturno

Durante il recente sbarco americano su Saturno la popolazione locale, costituita da filamenti verdastri, è stata ritenuta ostile dall'intelligence perché rifiutava di indire immediatamente libere elezioni, e distrutta col lanciafiamme. Solo dopo si è saputo che i filamenti erano filoamericani, e la vera popolazione dominante era formata da enormi funghi sotterranei, tutti membri di Al Qaeda, sopravvissuti indisturbati all'invasione americana.

Iraq

Gli ordini del Pentagono sono chiari: nell'ordinaria amministrazione è in vigore la tattica morbida, "sparare a tutto quello che si muove"; in casi di emergenza scatta la tattica dura, "sparare anche a tutto quello che non si muove". Tra le vittime, diversi bassorilievi del museo di Ninive e i relativi uscieri, qualche migliaio di civili iracheni scambiati per civili iracheni, gatti, cammelli, insegnanti di scuola media, coppie di barellieri, le carpe del Tigri, una squadra di calcio panchina compresa, un camion dei rifiuti e un generale del quinto corpo d'armata che per fare uno scherzo la notte di Halloween si è presentato a un check-point travestito da Freddy Krueger.

Le elezioni del nuovo papa

Cominciano a trapelare da Oltretevere le prime indiscrezioni sul successore di Giovanni Paolo II. Il problema principale, in questo momento, è spiegare a Karol Wojtyla che, quando sarà il momento, non potrà ricandidarsi per un secondo mandato. Nel frattempo si perfezionano le alleanze attorno ai principali papabili.

Joseph Ratzinger

Sarebbe il primo papa tedesco dal Medioevo. Negli ultimi sette secoli non è stato possibile eleggerne un altro a causa dell'alimentazione pesante, che avrebbe causato problemi durante le udienze. I suoi detrattori hanno diffuso la voce che, se eletto, intenderebbe chiamarsi Rapunzel I e spostare il papato a Colonia, dove vive l'anziana sorella. Raffinato intellettuale e uomo spiritoso (ha tradotto Trilussa in tedesco, omettendo tutte le parolacce), è difensore intransigente della dottrina cattolica, ma sostiene l'importanza del dialogo con le altre confessioni, purché parlino solo se interrogate. Recentemente, ha favorevolmente impressionato le femministe italiane con una dotta confutazione del precetto "chi dice donna dice danno". Gode dell'appoggio dell'Opus Dei, degli ambienti finanziari e delle gemelle Kessler.

Giacomo Biffi

Potrebbe essere la carta a sorpresa dei tradizionalisti. L'ex cardinale di Bologna è un sostenitore appassionato dell'ortodossia e ha già fatto sapere che, se sarà eletto, indosserà la tiara anche sotto la doccia. È favorevole alla scomunica degli atei e delle donne nude. Tra le riforme che ha in mente, la trasformazione delle guardie svizzere in un corpo d'assalto e il rafforzamento del battesimo, da ripetere al compimento del secondo anno di età come il richiamo dell'antipolio. In memoria dei primi martiri della cristianità, prenderebbe il nome di papa Ben Hur I. Ha l'appoggio dell'Opus Dei, di Gianni Baget Bozzo e della Beretta.

João Gutierrez

Vescovo del Guatemala, ultimo seguace della teologia della liberazione, propone l'abolizione della proprietà privata e l'esproprio dei latifondi. Conta sull'appoggio del sindacato dei tagliatori di corteccia e di Gianni Minà. La sua elezione è decisamente improbabile perché è in carcere da ventitré anni.

Ho Huang Chao

Presule delle zone interne della Manciuria, è il principale esponente del cattolicesimo asiatico. Ma dal momento che vive molto isolato, non lo sa. Sulla sua elezione contano i sostenitori della nuova evangelizzazione, disposti a portare il messaggio cristiano anche nei luoghi più impraticabili e distanti dalla fede, come la Cina comunista, i disco-pub di Marina di Ravenna e casa Tronchetti Provera. Fortemente ostile alla sua elezione l'ala tradizionalista, che ha messo in giro la diceria secondo la quale un eventuale papa cinese sostituirebbe l'ostia con gli involtini primavera. Gli è d'ostacolo la lingua: parla solo cinese e scrive qualche parola in latino, ma con gli ideogrammi. Una delegazione vaticana, che lo ha incontrato di recente, ha scambiato il suo messale per un catalogo di tatuaggi autoadesivi. Ha l'appoggio dell'Opus Dei, sezione di Chinatown. In caso di elezione, il problema principale sarebbe riuscire ad avvertirlo.

Charles O' Connor

Uomo di punta del cattolicesimo americano, è vescovo di Chattanooga ed è diventato famosissimo perché è riuscito a raccogliere in un'agenda il numero di telefono esatto di tutte le chiese e le sette cristiane degli Stati Uniti. È un buon giocatore di scacchi. Non gli si conoscono altri meriti, ma ha l'appoggio dell'Opus Dei.

Abdul Fakir

Vescovo di Antiochia, è l'uomo di punta del dialogo interreligioso. Ha pregato ad Assisi con musulmani, ortodossi, ebrei e buddisti, è buon amico del Dalai Lama e conosce a menadito i riti animisti del Centrafrica, il vudù dei Caraibi e le litanie funebri dei lapponi. Sarebbe il papa ideale per il mondo globalizzato, l'unico problema è che, nel corso dei suoi viaggi, è diventato musulmano. Per perorare la sua causa e chiarire le incomprensioni, la moglie si è recata spesso in Vaticano assicurando che il vescovo Fakir è un ottimo padre per i suoi figli, e dunque potrebbe esserlo anche per i cattolici di tutto il mondo. La sua elezione pare tuttavia improbabile, nonostante l'appoggio dell'Opus Dei.

Riforme leghiste

Lo stato maggiore leghista trascorre l'estate a Pontedilegno, nella nuova dacia tutta perlinata (perlinatura doppia per la tavernetta) che Bossi si è fatto costruire lungo lo stradone complanare, perlinato anch'esso – compresi i guardrail e i platani – su iniziativa del sindaco per compiacere l'illustre ospite. Sotto il pergolato in lamiera ondulata, mentre sul barbecue sfrigolano le braciole della Conad ancora incellofanate, un pugno di uomini in pantaloncini corti, canottiera, calzini bianchi e sandali, parlanti i vari dialetti padani, stabiliranno con l'aiuto di un interprete il programma che cambierà definitivamente il volto di questo paese. Il punto più delicato è trovare un equilibrio politico fra le due priorità di programma: la proposta Castelli (buttare via le chiavi della cella di Adriano Sofri) e la proposta Calderoli (castrare gli stupratori). Si arriverà quasi sicuramente a una sintesi che accontenti tutti: castrare Adriano Sofri. Ma vediamo gli altri punti in discussione.

Europa

Verrà abolita in base alla legge Salica, riscoperta dal giurista della Lega (un elettrauto amico d'infanzia di Roberto Castelli). Bossi propende per l'annessione della Padania al Sacro Romano Impero, ipotesi gradita anche al presidente del senato Marcello Pera, che si sta adoperando con un faticoso lavoro diplomatico affinché Strasburgo torni sotto la potestà del papato. Rimane aperta la questione degli eretici: Calderoli propone di castrarli. Infine, il professor Miglio buonanima, evocato da Bossi e amici in una seduta spiritica attorno al tavolino delle angurie, ha suggerito di puntare sul modello pangermanista a lui caro, dividendo in Länder anche l'Isola d'Elba e restituendo Alsazia, Lorena e Polonia alla patria tedesca. Nel documento finale, in un codicillo voluto da Calderoli, si afferma che i francesi sono tutti pederasti.

Moneta

Si stanno studiando le alternative all'euro, il cui possesso, su suggerimento di Calderoli, verrà punito con la castrazione. Al momento, le soluzioni monetarie più probabili sono la balla di fieno (nelle diverse pezzature: balla, ballino e l'enorme e pittoresco ballun della Val Grugna, che viene trasportato da sei pariglie di buoi), oppure la stretta di mano, tuttora in auge in certe vallate prealpine nella compravendita delle galline. Ma verrà introdotta anche la Pantalone Card, con una capacità di credito smisurata perché la copertura finanziaria è garantita dall'evasione fiscale: migliaia di miliardi accuratamente cuciti, lungo i decenni e le generazioni, nei materassi padani.

Donne

Sarà loro permesso di lavorare, ma l'orario di lavoro deve tassativamente tener conto delle esigenze del marito, che quando rincasa deve trovare la polenta nel paiolo e la moglie che la mescola. Anche la polenta già pronta e venduta in panetti al supermercato dovrà essere comunque messa nel paiolo e mescolata, a norma di legge. Le donne che non intendono onorare questa tradizione rischiano la castrazione, su proposta di Calderoli, secondo il quale le donne, in fondo, altro non sono che dei pederasti assai abili nel travestimento.

Diritti civili

Le unioni civili, pur essendo un'offesa insopportabile alla famiglia tradizionale (composta da padre, madre, figli, nonni, barbecue e coppia di cani da guardia), saranno consentite: ma solo previa castrazione dei contraenti e successivo esilio in Spagna o in Francia, patrie naturali dei depravati. Le coppie tradizionali, nucleo di ogni società sana, dovranno comunque contrarre matrimonio religioso: Marcello Pera si sta adoperando affinché anche le nozze civili, per legge, diventino religiose, ordinando sacerdoti i sindaci pochi minuti prima della cerimonia. Il numero consigliato di figli è dodici, tutti con fecondazione naturale (cioè trombando, ha fatto scrivere Calderoli, per maggior chiarezza, nel documento finale). La fecondazione artificiale è reato in qualunque forma, cioè qualunque forma abbia la provetta, come ha preteso che venisse specificato, nel documento finale, l'esperto di etica della Lega (un ballerino di Varese ex compagno di scuola di un amico di Bossi).

Castrazione

Secondo indiscrezioni, Calderoli sarebbe favorevole.

La prima enciclica

C'è molta attesa per la prima enciclica di papa Ratzinger, in preparazione in questi giorni di vacanza in Valle d'Aosta.

La stesura era stata fin qui rimandata per problemi tecnici: non si riusciva a trovare un computer con i caratteri gotici. Con un gesto molto apprezzato in Vaticano, il Museo Nazionale del Fumetto ha fatto dono al pontefice della speciale tastiera usata da Bonvi per il lettering di *Sturmtruppen*, sbloccando la situazione. Teologi e allibratori, in stretto contatto fra loro, cercano di indovinare l'argomento trattato. Questi i temi più probabili.

Contro Darwin

Una dura confutazione dell'evoluzionismo, però utilizzando categorie molto innovative: secondo Ratzinger, è la scimmia che discende dall'uomo, del quale rappresenta il ramo degenere. Alcuni cavernicoli panteisti, che adoravano cose assurde come le angurie e gli spiedini di cinghiale anziché il Dio Unico Korkababuk, per punizione divina furono trasformati in gorilla. Di lì la teoria ratzingeriana del de-evoluzionismo, che è il contrario esatto del darwinismo: all'alba dei tempi, l'uomo uscì già a immagine e somiglianza di Dio, in giacca e cravatta e con la valigetta ventiquattrore, ma poi iniziò a regredire e presto, se non tornerà sulla retta via, si trasformerà in protozoo o addirittura in cane pechinese da compagnia, notoriamente l'anello più basso e detestabile della catena della vita.

Contro il rock

È nota l'idiosincrasia di questo papa per la musica rock, non a caso smascherata da alcuni demonologi come veicolo di messaggi satanici. In un rapporto riservato consegnato a Ratzinger nei mesi scorsi, si sostiene che ascoltando al contrario il 45 giri di *Be bop a Lula* si ode distintamente la frase "se non ti levi immediatamente il reggipetto, stasera guardo le finali del baseball in tivù". In opposizione a questa moda degenere, il papa pensa di organizzare un grande Live Aid alternativo: dodici ore di canti gregoriani e cantautori di Radio Maria in playback, con raccolta di fondi per annullare il debito dello Ior.

Contro Galileo

Anche volendo ammettere che la Terra giri attorno al Sole, si tratta di decidere se questa evidente stortura vada accettata o rifiutata. Poiché le Scritture non ne fanno cenno, va rifiutata, e bisogna vivere *ut Sol gireatur circum Terram*, come se il Sole girasse attorno alla Terra, secondo la definizione di Marcello Pera. Nel nuovo catechismo verrà introdotto un apposito capitolo sulle conseguenze dottrinarie che il geocentrismo avrà nell'uso delle creme abbronzanti.

Contro il relativismo etico

La nuova enciclica si chiamerà *Giovedì gnocchi, venerdì pesce* e si propone di ristabilire l'ordine della tradizione al disordine del relativismo, a cominciare dal ripristino del digiuno, del cappello da prete e delle sberle in canonica durante i corsi per cresimandi. Nuova impostazione anche per il dialogo interreligioso, al quale Ratzinger tiene moltissimo: gli esponenti delle altre religioni potranno fare domanda di conversione all'apposito sportello, presentandosi ginocchioni sui ceci. Necessario che si adeguino alle indicazioni di Pera, che si raccomanda di "esistere come se Dio vivesse".

Sacerdozio femminile

La nuova enciclica *Chi dice donna dice danno* contiene importanti aperture alle donne. Il ruolo di perpetua verrà finalmente istituzionalizzato con una investitura religiosa in piena regola, nella quale il parroco consegnerà alle novizie una ramazza consacrata e un tegame benedetto. Le donne che considerino ancora ancillare e subalterno il loro ruolo nella chiesa latina, e lo ritengano il frutto di una società patriarcale e maschilista, potranno consolarsi, come spiega bene Pera, "vivendo come se la libertà non esistesse".

Contro il marxismo

Non si sa ancora se si chiamerà *Populorum regressio* o *De rerum vecchiarum*, ma certo conterrà la denuncia delle false teorie progressiste e la raccomandazione di tornare alla società tradizionale armoniosamente divisa in classi sociali ben ordinate, riflesso diretto dell'ordine celeste e della distribuzione delle cabine sulle navi da crociera. Bisogna vivere, secondo l'accezione di Pera, "come se il conto in banca esistesse".

Devolution

Anche le Regioni italiane che non ne hanno ancora fatto richiesta potranno usufruire del kit "Devolution" scrivendo al ministero delle Riforme. Riceveranno in pochi giorni, in contrassegno, il nuovo decoder costituzionale, che prende il posto della vecchia schedula cartacea (Costituzione italiana) ormai inutilizzabile. Collegando il decoder a un normale televisore, sarà possibile accedere a tutti i nuovissimi servizi messi a disposizione dallo stato federale, spiegati in modo semplice ed efficace dal simpatico pupazzo Calderoli – mascotte dell'operazione –, adorato dai bambini per gli occhi a palla, i capelli tinti, la fronte bassa, il prognatismo, l'addome a grembiale e gli short. Ma vediamo le principali novità istituzionali sul mercato.

Esercito

Rimarrà sotto il controllo dello stato, ma sarà sensibilmente ridotto. In pratica, rimarrà in servizio solo un battaglione di fantaccini in uniforme d'epoca (la stessa usata nella battaglia di Solferino). Le sue funzioni saranno limitate ai picchetti aeroportuali in occasione delle visite di capi di stato esteri. Per le restanti esigenze, la Difesa sarà affidata agli Eserciti federali, che saranno dislocati lungo le frontiere di ogni regione e dotati di armamenti nucleari. Disponibili anche Guarnigioni municipali, formate da soldati di ventura arruolabili ogni anno negli stessi saloni dove si tiene il calciomercato. Molto attive, a giudicare dai primi scambi, Pisa e Livorno. Indotto: il mercato delle uniformi va a mille. Opposizione: la sinistra è divisa sull'adozione dell'elmetto con o senza pennacchio per le milizie tosco-romagnole.

Polizia

Le polizie locali, più direttamente a contatto con il territorio, prenderanno il posto della vecchia polizia di stato. Questo renderà molto più diretto e cordiale il rapporto tra popolazione e forze dell'ordine: a Corleone, per esempio, agiranno solo agenti corleonesi, reclutati tra i Badalamenti e i Liggio. E nelle valli alpine la figura del poliziotto meridionale, che si esprime in maniera incomprensibile, sarà finalmente rimpiazzata da ex bracconieri, spalloni a riposo, distillatori di grappa e coristi di yodel. Da uno studio preventivo risulta che, grazie all'introduzione delle polizie locali, i reati diminuiranno del 93 per cento, nel senso che saranno gli stessi poliziotti, in combutta con parenti e compaesani, a commetterli e/o a non denunciarli. Opposizione: è divisa sul numero di squilli di tromba prima delle cariche contro gli scioperanti. Ne bastano due o sarebbero meglio tre?

Scuola

Come ha spiegato il governo, rassicurando i perplessi, "il programma scolastico rimarrà identico da Pantelleria a Bressanone". Per tutte le altre zone, escluse Pantelleria e Bressanone, il programma sarà invece deciso dalle autorità locali. Secondo un emendamento migliorativo proposto dal Comitato Razza, Patria, Morte, Dio e Sacramento (una componente moderata della Lega), le Regioni possono anche adottare il programma ministeriale, ma in cambio saranno autorizzate a scegliere gli alunni sulla base delle caratteristiche somatiche più consone al decoro scolastico e alle tradizioni locali.

Economia

Battere moneta rimane compito e privilegio della Zecca di stato. Le banconote, invece, saranno emesse da ogni singola Regione, incrementando una leale competizione tra valute regionali, come il tallero altoatesino, la pilla emiliana e lo sciacchiaballacchia calabrese. Bankitalia diventerà federale, suddividendosi in Bankabruzzi, Banktrentino, Banksardegna eccetera. Il governatore rimarrà uno solo, ma in ciascuno dei venti capoluoghi regionali dovrà sposare una governatrice locale che gli tiene casa e lo informa ogni settimana sull'andamento del mercato rionale.

Rifiuti

Per correggere un eventuale eccesso autonomista nelle altre riforme, la raccolta differenziata di tutte le città italiane sarà convogliata a Roma. Chi fosse impossibilitato a portare personalmente il sacchetto dei rifiuti nei cassonetti di Roma potrà spedirlo, con le spese postali a carico del Campidoglio.

La piaga delle intercettazioni

Le intercettazioni telefoniche sono spesso un grave arbitrio e una pesante violazione della vita privata: lo ha detto il garante della privacy in un'intercettazione telefonica pubblicata sui principali quotidiani nazionali. Il garante ha spiegato di avere rinunciato da tempo alle conversazioni personali: sapendo di essere intercettato, preferisce rilasciare solo dichiarazioni ufficiali, molto calibrate, anche quando telefona ai parenti. Uguale abitudine è stata ormai acquisita da tutti i principali esponenti politici e istituzionali. Fa testo questa intercettazione del governatore Fazio, ripresa nei giorni scorsi da tutti gli organi di stampa.

"Anto'? So' Mariuccia. Embè?"

"Auspico una migliore ripartizione tra rendita finanziaria e investimenti, nell'interesse del paese."

"Ma che stai a di'? So' Mariuccia, tu' cognata."

"Non desta preoccupazione, nonostante alcune interpretazioni tendenziose, il lieve aumento dei fenomeni inflattivi, ampiamente compensato dalla tenuta del potere d'acquisto."

"Vabbè. Ma te 'o devo porta', er vitel tonné, oppure no? Guarda che qui sta a fini', dice er pizzicagnolo che si nun lo ordino subbito, se 'o magnano tutto."

"Riuniremo presto le parti interessate. Buongiorno."

Nonostante la prudenza, si moltiplicano gli episodi preoccupanti, aggravati dalla massiccia immissione sul mercato dei nuovi video-telefonini. Ormai i giornali pubblicano, accanto al testo integrale delle intercettazioni, anche i principali fotogrammi relativi alla conversazione, senza risparmiare al pubblico le immagini più crude: Romano Prodi mentre si veste da ciclista, Casini che si pettina, papa Ratzinger che fa gli addominali a Castelgandolfo.

Ormai sotto controllo anche i citofoni, con gli archivisti della Digos che hanno ufficialmente fatto presente ai superiori l'impossibilità di catalogare decine di milioni di conversazioni pressoché identiche: "Sono io" "Sali", oppure "Chi è?" "Io", oppure "Che piano?" "Terzo". Non è passata inosservata, però, una citofonata tra il governatore Fazio e un misterioso visitatore (identificato dagli esperti della scientifica, grazie a mezzi molto sofisticati, nell'autista di Stefano Ricucci): "Sono l'autista di Stefano Ricucci. Che piano?" "Dipende".

Si studiano con interesse i cambiamenti di mentalità e costume indotti dal controllo ormai sistematico delle nostre parole e dei nostri movimenti. Numerosi, ad esempio, i casi di insospettabili clienti di banche e uffici postali che si presentano agli sportelli con la chitarra e cantano Baglioni sperando di essere ripresi dalle telecamere e scritturati per uno show. Frequenti, anche, le uscite ai caselli autostradali delle più prestigiose località turistiche, per far credere a chi controlla i tabulati del Telepass di essere frequentatori abituali di posti chic. In Costa Smeralda si segnalano parecchi casi di un fenomeno detto "arrembaggio virtuale": alcuni dei miserabili idioti che stazionano per settimane nei porticcioli dei vip tentano di infilare il proprio cellulare nelle tasche di chi si imbarca, in modo che la traccia del segnale comprovi la loro presenza a bordo. Alessia Merz, ospite del lussuoso panfilo di Stefano Ricucci – una Jacuzzi lunga trentacinque metri –, si è ritrovata con diciotto cellulari nello zaino, ma non avendo capito che non erano i suoi ha trascorso l'estate a rispondere "tvtb" a migliaia di sms. Tornando alle intercettazioni, sono ormai uno status symbol: la gente si è resa conto che gli intercettati sono sempre persone potenti e famose, e si scatena l'emulazione. Sperando di finire sui giornali, cittadini qualunque trasformano banali chiacchierate in potenziali casi. Esemplare questa registrazione, effettuata pochi giorni fa ai Lidi Ferraresi.

"Gino? Ma vieni o non vieni?"

"Un attimo. Non so se dare la scalata alla Bnl oppure fondare una cellula terroristica in sonno."

"Sei scemo? Sbrigati, e porta il materassino, che la bambina se l'è dimenticato in macchina."

"Hai parlato con Bruxelles?"

"Eh?"

"Sono tutti contro di noi. Bisogna convincere i bresciani. Sono wahabita. Privatizzo la Rai. Ho ucciso diciassette prostitute. Mi candido per le primarie. Sposerò Valeria Marini."

"Gino? Stai bene?"

"Gina, noi due non siamo nessuno. O ci diamo una mossa, o moriremo ignoti."

"D'accordo. Ma non dimenticare il materassino."

Novità librarie

Quali novità editoriali nel 2002? Quali casi letterari? Critica e addetti ai lavori hanno individuato i libri che faranno discutere.

Quaranta colpi

Il noir italiano continua a intrecciare fiction e politica. Il giovane pretore Antonio Lo Ravaglio, con *Quaranta colpi* (Mondadori), riapre il caso Gronchi, l'unico non ancora aperto perché Giovanni Gronchi morì di morte naturale. Ma dietro la verità ufficiale Lo Ravaglio sa individuare, per puro intuito letterario, una spaventosa trama di potere, protagonisti la P2 (non ancora in opera, ma già nelle cose), la mafia, la Cia, il Kgb, l'Onu, la Società Autostrade e una multinazionale del dado dietro la quale non è difficile riconoscere la Knorr. Gronchi cadde vittima di un agguato, quaranta colpi di Beretta sparati da uno sconosciuto? Ovviamente no: "ma il ruolo dell'intellettuale," scrive Lo Ravaglio nelle note di copertina, "non deve arretrare di fronte alle comode evidenze e al conformismo di stato".

Annette Mbongo Smith

Ultimo frutto del rigoglioso albero della letteratura meticcia, la Mbongo Smith è nata a Parigi da padre congolese e madre californiana e scrive in inglese storie ambientate nella sua terra d'adozione, Cipro. Dieci anni di lavoro per il suo romanzo d'esordio, *Katofatos*, termine dialettale cipriota, intraducibile, che indica la sensazione di avere l'orizzonte sempre alle spalle. Potremmo forse definire "spaesamento" lo stato d'animo che viviamo per oltre mille pagine seguendo la protagonista nelle sue incessanti peregrinazioni, nel suo continuo sradicamento, così ben espresso da una lingua che salta continuamente dall'inglese turistico al cipriota (scelto per i dialoghi), al congolese, lingua dell'inconscio e delle viscere, con interiezioni indifferentemente prese dall'argot parigino o dallo slang giovanile di Los Angeles. L'edizione italiana di *Katofatos* è dedicata al traduttore, che si è tolto la vita dopo aver consegnato il dattiloscritto.

Il Che in bicicletta

Oltre al celebre viaggio nel sub-continente in motocicletta, Guevara, ancora bambino, fece tutte le piste ciclabili di Caracas per andare a trovare lo zio materno, Joaquín "Besno" Gutierrez, un veterinario sempre dalla parte degli umili. Dopo il successo dei *Diari della motocicletta*, esce da Feltrinelli *Quando tolsi le rotelle*, l'avventuroso diario del Che che racconta la sua precoce presa di coscienza, l'impatto con la realtà sociale, il suggestivo incontro con i campesinos e gli sfruttati in una via di Caracas, dove si erano recati per una visita medica. Il libro è corredato da un'intervista allo zio Besno, quasi centenario, che all'epoca non si era reso conto di avere a che fare con il futuro comandante rivoluzionario e lo ha saputo solo l'anno scorso dall'intervistatore, rimanendo molto meravigliato.

Cosimo Cofanino

Sellerio ci regala questo gioiello sconosciuto della letteratura siciliana, che dopo Sciascia, Bufalino, Camilleri, aggiunge lustro all'aspra, appartata cultura isolana. Cofanino, bibliotecario a Modica, dalla quale non si è mai mosso, ha scritto un solo libro di quaranta pagine, ritrovato dopo la sua morte. Si chiama *Mossa d'afa* ed è un'elegia colta, e spesso cifrata, del mistero femminile, intrecciato all'afrore funereo dei fichi d'India in decomposizione. La critica ha già gridato al miracolo, ma il caso letterario potrebbe alimentare pure qualche polemica: Cofanino, secondo indiscrezioni della stampa, sarebbe in realtà un concessionario d'auto di Varese e avrebbe soggiornato in Sicilia solo per una vacanza al Club Med di Taormina.

Il ritorno di Adelphi

Un poco in ombra dopo il completo esaurimento del filone mitteleuropeo (ha chiuso bottega il falsario viennese che forniva manoscritti inediti di Joseph Roth), la più altera e cifrata delle nostre case editrici ha in serbo un grande 2002. In arrivo una nuova raffica di romanzi mitteleuropei (si è rifatto vivo, dal carcere di Innsbruck, il falsario viennese). Questa nuova ondata è molto diversa dalla precedente: si tratta di romanzi allegrissimi e licenziosi, da *L'amante spiritosa* di Hans von Kurkwiesenschtaller a *Vacanze al mare* di August Landau, rondò erotico tra cinque coppie in amore. Andrà rivisto, alla luce di questi nuovi romanzi, il luogo comune sulla letteratura della crisi: secondo alcuni storici, Vienna salutò con vero e proprio entusiasmo la caduta dell'Impero.

L'esperienza del cronista che si è finto lavavetri rumeno è niente in confronto a quella del cronista che si è finto consulente finanziario a Milano. Ecco il resoconto del suo viaggio nell'Inferno del Benessere.

Ore 8

Ho rovesciato il caffè sul "Sole 24 Ore" mentre leggevo i listini di Borsa, con una mano telefonavo a Chicago (un numero a caso, per allenamento) e con l'altra cercavo inutilmente di sistemarmi il nodo della cravatta. Ora i listini sono illeggibili e dovrò rifarmi ai consigli di Mario, che lavora nei bond: "Tira a indovinare". Devo fare presto. La mia scrivania è nella zona controllata dal clan degli immobiliaristi di terza generazione (quelli che vendono a se stessi lo stesso monolocale a Rieti anche dieci volte consecutive, fino a farlo valere come un attico a Notting Hill), ho pochi minuti per raggiungerla o la troverò occupata.

Ore 9

La scrivania è presidiata da un ragazzotto impomatato con tre palmari, che ha già piazzato due milioni di euro nella Borsa di Timisoara. Gli faccio osservare che a Timisoara non c'è nessuna Borsa, lui mi guarda dall'alto in basso e mi dice che se uno si fissa sui dettagli non riuscirà mai a far carriera. Rimasto senza scrivania, mi sistemo con uno sgabello dentro l'ascensore più frequentato del grattacielo.

Ore 10

Il mio primo cliente: una pensionata che sta andando a portare la colazione al figlio guardia giurata. Mi mette in mano un libretto di risparmio postale con milleduecento euro e mi chiede di partecipare alla scalata a Telecom. Le dico che mi sembrano pochi, mi risponde che non sono capace di fare il mio mestiere. Aggiunge che la sua vicina di pianerottolo, grazie ai consigli di Lele Mora letti su "Chi", è diventata consigliere di amministrazione della Ford. Capisco che la concorrenza è spietata. Devo osare di più. Ho sentito dire che se entro le cinque non mi presento al mio superiore con un portafogli da dieci milioni di euro, sarò punito orribilmente: mi stringerà il nodo della cravatta fino a farmi diventare cianotico.

Ore 12

Va un po' meglio. Convinco due anziani coniugi, già rovinati dal crac Parmalat, a partecipare anche a un paio di altri crac imminenti, per diversificare gli investimenti. Mi ringraziano con le lacrime agli occhi. Ho anche costituito una società fantasma alle Isole Curili insieme a una ragazza molto carina conosciuta al bar. E soprattutto ho raggranellato tre euro e venti centesimi di elemosina perché il trillo corale dei miei cellulari è stato scambiato dai passanti per un concerto ambulante.

Ore 14

Mi sfamo nella maniera precaria e malsana dei miei compagni di lavoro: un panino con rucola, maionese, tonno, mortadella, capperi e chicchi di caffè in un bar della City milanese. Fortunatamente solo un paio di morsi, perché le gomitate della clientela lo fanno cadere. Chinandomi per raccoglierlo trovo sul pavimento un pacchetto di obbligazioni boliviane ancora in discreto stato. Le porterò al principale per dimostrargli che ho lavorato duro.

Ore 16

La grande notizia: le obbligazioni boliviane sono talmente in ribasso che i collezionisti di bufale di mezzo mondo sono disposti a pagarle qualunque cifra pur di esporle tra i loro memorabilia. Le metto all'asta e le piazzo a Mosca, parlo personalmente con il miliardario mafioso Buslatovič che nella sua collezione ha già il siero Di Bella, i diari di Hitler e un format di Michele Cucuzza. L'umore è alto. Si è sparsa la voce del mio talento e l'ascensore dove ricevo i clienti è così gremito che per respirare devo infilare il naso nella tasca più vicina.

Ore 17

È finita. Il festoso suono di una campanella e il tonfo di

un suicida rovinato dai miei consigli mettono il suggello a una giornata intensa. Andrò a fare l'happy hour in corso Como con centinaia di giovani colleghi sfiniti, felici e con la cravatta allentata. Per allentare la mia devo fermarmi da un meccanico con la fiamma ossidrica. Il meccanico più vicino è a Carugate. Farò l'happy hour a Carugate con il meccanico e sua moglie, in una salumeria in chiusura. Domani è un altro giorno.

Satanismi

Tra le domande del secolo, non ultima viene questa: come può diventare capo dei satanisti uno di Gallarate? Noi moderni, per generazioni, abbiamo supposto che la sentina di ogni disturbo sociale fosse la metropoli. Be', ci siamo clamorosamente sbagliati. In effetti, Totò Riina e gli altri boss vengono da paesini pietrosi e anche se hanno il Rolex paiono appena reduci dalla sagra del fico d'India; Pacciani e i compagni di merende erano tipici abitanti del pittoresco rurale toscano, quello che piace tanto agli inglesi perché non hanno mai visto scuoiare un coniglio, ammazzare il maiale, o peggio un padre contadino discutere con una figlia; i serial killer e gli unabomber del Veneto abitano in linde cittadine, si addormentano al suono del campanile e si svegliano incazzati neri, con una prostituta nel freezer e la mamma che rassetta la casa; Mussolini era di Predappio. Si consideri poi che gli esorcisti operano quasi tutti in parrocchiette tra i castagni, dove gli indemoniati possono ululare indisturbati "li mortacci tua" in aramaico e in sanscrito senza turbare la quiete condominiale, e gli astanti vomitare direttamente nel torrente dove si allevano le trote "come una volta". Cercate in provincia. Frugate tra le fratte di biancospino. Scavate nei pioppeti. È lì che si annida il Male.

Pare, ad esempio, che la vera capitale del satanismo italiano sia Mezzofinasco, località prealpina famosa per la produzione di bomboniere da matrimonio. A Mezzofinasco, da generazioni, tutti lavorano nella bombonieristica, nelle macchine per bombonieristica e nell'accessoristica per bomboniere. Già questo, secondo gli psicologi, è una fortissima causa di abbrutimento e di depressione, e chiunque sia mai entrato in un negozio di accessori per sposi sa di che cosa stiamo parlando. (Più in generale, si pensa che il famoso "disagio del Nordest" sia direttamente proporzionale al prodigioso squallore di quanto in quelle terre si produce: provate voi a fabbricare ogni giorno trecento schiaccianoci a forma di gnomo, o venti appendiasciugamano finto-Impero, e poi venite a dirmi se siete felici.) A questo si aggiunga che i cinesi, negli ultimi anni, hanno prodotto bomboniere più economiche (con confetti in ghisa incorporati) e molto più brutte, requisito indispensabile per sfondare sui mercati mondiali.

Il sistema-paese, a Mezzofinasco, è dunque entrato in crisi. La benzina basta appena per la prima macchina, in genere una Mercedes cabriolet, e i giovani del posto cominciano a vendersi l'un l'altro la seconda macchina, sempre una Golf nera. Si organizzano gimkane notturne, ma il paese è lungo centocinquanta metri, illuminato male e strapiombante sul fiume, e va a finire che per poter innestare la terza è necessario essere sopravvissuti all'impatto con il greto. Anche il tradizionale lancio di sassi dal cavalcavia non si può dire che abbia davvero sfondato, nonostante il sindaco abbia costruito apposta un enorme cavalcavia con finanziamenti Cee. Da Mezzofinasco, infatti, passano solo due o tre automobili ogni notte, e per centrarne una è necessario pernottare all'addiaccio. Le madri di Mezzofinasco che portano la felpa ai figli infreddoliti sul cavalcavia hanno anche fondato un'associazione. Che c'entra questo col satanismo? Be', pare che un giovane del paese, per errore, abbia letto il libro di un prete esorcista, abbandonato in uno scompartimento ferroviario. C'era scritto che, se si ascoltano i dischi di Marilyn Manson al contrario, si possono udire formule sataniche. Il giovane provò ad ascoltare un disco di Manson al contrario, cioè camminando all'indietro con le cuffie al massimo volume. Non udì formule sataniche, ma inciampò nel tavolo del tinello e batté la testa. Cominciò a sacramentare fortissimo, e i suoi amici, in strada, suggestionati dalla gragnuola di bestemmie in mezzofinaschese, fondarono una setta satanica e uccisero venticinque persone.

Fumo passivo e altre psicosi

Le autorità europee hanno stabilito che è legittimo, per le aziende, non assumere fumatori. Il provvedimento, direttamente ispirato a una grida spagnola del 1623 contro gli affetti da scorbuto, ha riempito di entusiasmo i proibizionisti di tutto il mondo, che esultano e stanno studiando nuove e sempre più raffinate strategie di tutela della salute pubblica.

Fumo passivo

Nuovi studi scientifici confermano la pericolosità del fenomeno. Un'impiegata di Seattle è morta, investita da un'automobile, mentre fuggiva urlando da una toilette dove un suo collega si era appartato con un sigaro Avana. Drammatico il caso delle gemelle siamesi Linda e Sarah Lo Bianco: una è fumatrice; l'altra no, e ha querelato la sorella. Ma è un caso limite: Linda costringeva Sarah a reggerle il posacenere. Allo studio un provvedimento che vieta di fumare anche all'aperto, a meno che il fumatore non sia controvento, oppure dotato di un bidone aspiratutto a rotelle applicato alla schiena, per risucchiare il fumo appena viene espirato.

Assunzioni

Oltre ai tabagisti, si sta pensando di estendere il divieto di assunzione anche ai mangiatori di legumi. Secondo uno studio dell'autorevole Maniac Institute, la flatulenza passiva sui luoghi di lavoro è una vera e propria piaga sociale. Le emissioni di gas intestinale in ambiente chiuso costringono i presenti ad arricciare il naso in segno di disgusto, provocando gravi alterazioni della fisionomia e costringendo, alla lunga, a costosi interventi di chirurgia plastica. Una segretaria di Birmingham, per dieci anni compagna di ufficio di un forte mangiatore di legumi, ha chiesto e ottenuto un risarcimento di cinquemila sterline perché soffre di polmonite cronica, dovendo stare, anche d'inverno, affacciata alla finestra. Per giunta, è costretta a lavorare sul davanzale, imbrattando le carte con gli escrementi di piccione ed esponendosi alle dure critiche del suo principale. Negli Usa stanno sorgendo diversi centri di recupero per legumodipendenti, con una terapia a scalare: si passa dallo spaventoso fagiolo alla più blanda lenticchia fino ad approdare a un gustoso surrogato come le palline di polistirolo, che vengono evacuate ancora intere e assorbono i residui di gas intestinale.

Assunzioni 2

Presto sarà vietato assumere anche i lentigginosi: recenti studi (sempre del Maniac Institute) dimostrano che fissare tutto il giorno un lentigginoso può provocare seri danni alla vista, perché la messa a fuoco delle lentiggini logora il nervo ottico. Malvisti anche gli obesi, in seguito alla recente scoperta dell'obesità passiva: salire in ascensore con un obeso può provocare frustrazione per l'evidente sproporzione dello spazio occupato. Per giunta, le briciole che ristagnano abitualmente intorno alla scrivania di un obeso attirano formiche e altri animali dannosi, innescando fobie o costringendo il collega dell'obeso a fare un uso spropositato di insetticida tossico. O a rovinarsi le scarpe schiacciando gli scarafaggi.

Casi allo studio

Il professor David Blutarsky, consulente del governo americano per la Tutela delle Vittime da Sindrome Passiva, si mette le mani nei capelli: "Dovunque ti giri, trovi un disastro. E ogni luogo di lavoro è una minaccia per la salute. Per esempio, gli arabi urlano come dannati, assordando i colleghi. Gli asiatici puzzano maledettamente di aglio, non passa neanche se gli fai fare la doccia con il napalm. I neri si vestono con dei colori pazzeschi, solo vederli entrare in ufficio provoca l'emicrania: la frase 'Ma come cazzo ti sei vestito stamattina, Joe?' è la più pronunciata nelle aziende americane, e ostacola la produzione. Le femmine chiacchierano tutto il santo giorno. I maschi hanno ascelle micidiali. I vecchi turbano fortemente il senso estetico, con quegli accidenti di rughe dappertutto, la pappagorgia eccetera. Non parliamo poi dei fottuti giovani, che fanno venire la depressione ai più anziani perché pensano che creperanno molto prima di loro. E quanto ai non fumatori, non creda che siano molto meglio dei fumatori: le analisi dell'alito rivelano tanti microbi quanti ne basterebbero a sterminare l'intera Cina, e Dio sa se mi piacerebbe. Sa che cosa le dico? Bisognerebbe chiudere tutti gli uffici e i negozi e i luoghi pubblici di questo fottuto paese. La promiscuità uccide. Il prossimo è pericoloso. La gente è un'arma letale. Dovrebbero stare tutti chiusi in casa a lavorare col fottuto computer. L'intera società andrebbe chiusa in blocco, caro signore".

2006

L'anno di quando morì il partigiano
che aveva arrestato Mussolini,
di quando Tom Cruise si sposò sobriamente,
fermando l'Italia tutta,
delle magliette di Calderoli, del surriscaldamento globale
e di un'altra estate dei vip, delle coalizioni-monstre,
di quando arrestarono Provenzano
e Berlusconi a momenti pareggiava,
di quando i senatori a vita votarono per Prodi,
di un comunista capo dello stato,
di quando Vittorio Emanuele venne arrestato
e in cella cadde dal letto a castello,
dell'indulto, di quando la Juventus andò in serie B,
l'Italia vinse i Mondiali e poi si ritirò anche dall'Iraq,
e di quando Saddam alla fine venne impiccato.
E dei furbetti del quartierino.

Berlusconi alla riscossa

Quale carta giocherà la prossima volta Silvio Berlusconi? I politologi concordano: un uomo così straordinario non potrà fare che una mossa straordinaria. La routine non fa per lui. Incrociando i dati a disposizione, gli studiosi hanno individuato una serie di possibili, spettacolari colpi di scena.

Suicidio alla giapponese

Come Yukio Mishima, lo scrittore che fece harakiri davanti alle telecamere, anche Berlusconi potrebbe decidere un'uscita di scena drammatica e grandiosa, togliendosi la vita in diretta. La scena è programmata nei minimi particolari: al posto del costume nazionale giapponese, considerato troppo giapponese, gli esperti dell'immagine hanno scelto per Berlusconi quello dei vigili urbani di Portofino, con fischietto e motorino. A un segnale convenuto, dopo aver maledetto i nemici con voce stridula, Berlusconi reciderà con un coltellino svizzero il tirante (dietro la nuca) che tiene tesi i suoi vari lifting, e collasserà trasformandosi istantaneamente in una specie di pouf informe.

Suicidio di massa

Preferito al suicidio singolo perché molto più spettacolare, richiede due ingredienti fondamentali: l'esistenza di un leader folle e megalomane, e la presenza, attorno a lui, di una setta di fanatici che abbiano perduto ogni istinto di conservazione. Poiché entrambi gli ingredienti sono già a disposizione, gli esperti considerano questa soluzione una delle più probabili.

Invasione di altre galassie

Berlusconi avrebbe deciso di costruire una flottiglia di dischi volanti, invadere la galassia di Oberon, assoggettarne gli abitanti, sposarne con la violenza e la frode la principessa Tuxxia e introdurre il lodo Schifani. Il tutto indossando, su suggerimento degli esperti dell'immagine, la divisa dei vigili urbani di Portofino. Per la copertura finanziaria del piano, calcolato in ventisei fantastilioni di triliardi, si pensa a una cena di finanziamento con gli industriali di Conegliano Veneto.

Marcia su Roma

Un remake della celebre manifestazione è sempre stato nei pensieri di Berlusconi, benché l'abbia spesso confusa con il Cammino di Santiago. Per sentito dire, l'ex premier era convinto che la Marcia fosse legata a qualche evento negativo, ma da quando ha saputo che è considerata la data di nascita del potere fascista, si è rasserenato. Naturalmente, l'evento dovrebbe essere aggiornato alle moderne esigenze della comunicazione politico-aziendale. La marcia avverrebbe dunque su un lunghissimo tapis roulant, da Milano Due fino al centro di Roma, con vassoi di tartine ai lati e hostess che forniscono indicazioni sul percorso a chi fosse tanto idiota da scendere dal tapis roulant e smarrirsi nei campi. Berlusconi e i suoi più stretti collaboratori, per rendersi riconoscibili nella massa dei partecipanti, su consiglio degli esperti dell'immagine dovrebbero indossare la divisa dei vigili urbani di Portofino.

Diventare altissimo

Pare che esistano un piano A e un piano B. Piano A: diventare altissimo con un intervento chirurgico estremo (i femori vengono sostituiti con due remi da gondola), e poi ripresentarsi in pubblico alto circa quattro metri e venti, terrorizzando la folla e travolgendo le automobili come Godzilla. Piano B: abbassare di venti centimetri la statura dell'intera popolazione italiana, segando le ossa delle gambe con un intervento mutuabile; oppure incrociandola con pigmei importati dall'Africa Centrale; oppure ancora, insegnare agli italiani a camminare sulle ginocchia fin dalle scuole elementari.

Percorso mistico

Secondo alcuni stretti collaboratori, Berlusconi avrebbe deciso che la politica è troppo gretta e volgare per le sue ambizioni, e intenderebbe dunque comperare una religione e diventarne l'azionista di maggioranza. Ma a parte un paio di chiese minori del Middle West, all'asta per fallimento, e alcune sette del Borneo che praticano il cannibalismo, il mercato offre pochissimo. Berlusconi intenderebbe dunque fondare una religione ex novo, anche se si rende conto che non è facile improvvisare una teologia, un culto, una catechesi eccetera. Per portarsi avanti, comunque, ha già ordinato dieci milioni di candele, che servono sempre, e ha affidato il resto agli esperti dell'immagine. Che gli hanno suggerito, come sintesi della sapienza formale delle chiese di tutti i tempi, di adottare l'uniforme dei vigili urbani di Portofino.

Ancora vacanze dei vip

Dove hanno passato le vacanze i vip? Piuttosto che occuparci della questione preferiremmo finire nelle mani di Al Qaeda, ma, come è noto, nel contratto dei giornalisti è previsto, pena il licenziamento in tronco, che almeno un articolo all'anno – anche se ci si occupa di giardinaggio, di cinema o di Sudest asiatico – sia dedicato al tema: dove hanno passato le vacanze i vip? Ai sensi di legge, eccoci dunque giunti a questa umiliante corvée estiva.

Flavio Briatore

Pentito della sua vita dissipata, ha passato il Ferragosto in un convento camaldolese insieme a una velina esquimese,

Nanuk, detta "la Vergine di ghiaccio", recitando salmi e curando l'orto. Si è portato un po' di lavoro arretrato da sbrigare, e insieme ai bravi monaci ripulisce i carburatori delle Renault di Formula Uno con il sistema dei tempi antichi: aceto balsamico e sputo. Sta leggendo l'ultimo libro di Enzo Bianchi (iniziato a dicembre), scrive lunghe lettere alla vedova di Tiziano Terzani e piange tutto il giorno. È andato a trovarlo anche Guido Ceronetti.

Guido Ceronetti

A parte la breve visita a Briatore nel convento camaldolese, ha trascorso l'estate camminando lungo la tangenziale di Torino e istigando gli automobilisti al suicidio. Un cronista della "Stampa" lo contatta ogni giorno per avere brevi note da pubblicare sul quotidiano, in genere passi del *Pentateuco* nei quali si preconizza la fine del mondo. Nelle aree di servizio compie brevi soste per ristorarsi con acqua piovana (raccolta apposta per lui dai benzinai in grosse taniche) e corregge le bozze del suo ultimo libro, *Ossario.*

Poldo De Fumis

Chi non conosce il vincitore dell'ultimo *Grande Fratello*? Il popolarissimo Poldo, ex barman noto per la tempestosa relazione con Christian Vieri, gira per tutte le Isole Eolie con il suo gommone di venticinque metri, gonfiato a fiato per allenarsi alle future prove dei reality show, e si esibisce nelle calette nel suo numero più celebre: il recupero dell'àncora incagliata. Allontanato dalle autorità dell'arcipelago, è stato rintracciato da una troupe del Tigì Cinque che, nel giorno del bombardamento di Beirut, ha dedicato il suo servizio di apertura a De Fumis che si depila al largo di Marsala.

Marilù Bangadarang

La top model del momento (padre aborigeno, madre ucraina), superate le disavventure di droga (è stata arrestata all'aeroporto di Nizza perché fiutava con insistenza i cani antidroga, eccitandosi a dismisura), trascorre l'estate in Costa Azzurra sul panfilo dello sceicco El-Khardami, un settantacinquenne obeso con una gamba di legno e un occhio di vetro, con un patrimonio di dieci miliardi di euro. Lui le ha regalato un materassino da mare di ermellino e una gomena di brillanti per attraccarlo al porticciolo di Saint-Tropez. Lei, innamoratissima, ha lasciato il precedente fidanzato, il cantante punk Burt "Merda" Lopez, conosciuto in una cella di sicurezza a Barbados.

Tronchetti Provera e Afef

Sono stati avvistati davanti all'Argentario sullo splendido quaranta metri *Ti sento*. Sul *Ti sento*, il gioco di società dell'estate è mettersi a poppa e cercare di intercettare le telefonate fatte a prua, e viceversa. I giocatori più abili riescono a intercettare anche le proprie telefonate mentre le fanno.

Brigitte Bardot

Un'estate dedicata agli animali per la paladina ambientalista. Ha preso a cuore le sorti di una famiglia di babbuini e di due dee-jay di Ibiza. La sua ultima campagna, contro la crudele pratica della mungitura delle mucche, preoccupa le gendarmerie di tutte le Alpi francesi: la signora Bardot buca i bidoni del latte con un punteruolo e viene inseguita dai cani pastore inferociti, che azzannano tutto quello che trovano sul loro percorso. In compenso, è un successo internazionale il suo ultimo libro di memorie, *Locuste mon amour*, sofferto diario della sua sfortunata spedizione nel Mali per cercare di convincere gli agricoltori locali a non scacciare le cavallette affamate dai loro raccolti.

Joseph Ratzinger

Nel suo eremo valdostano, il pontefice aspetta la visita dei villeggianti in festa – che vorrebbero dedicargli cori da stadio e fargli baciare i bambini – lucidando la nuova doppietta.

L'indulto

Alle polemiche spesso scomposte sull'indulto, noi preferiamo un più misurato e sereno ragionamento sui fatti. Esaminiamo dunque alcuni casi significativi di detenuti che potranno beneficiare del provvedimento e uscire anticipatamente dal carcere.

Pantaleone Cirò

È il tipico detenuto per reati finanziari: costringeva i boss rivali a inghiottire banconote da cento euro fino a ucciderli per soffocamento. Il suo collegio di avvocati, grazie a un sapiente cavillo giuridico, è riuscito a dimostrare che Cirò non può dirsi socialmente pericoloso perché ignora il significato del termine. Insieme a lui usciranno i suoi due soci d'affari Uccio e Pompeo Maddalona, famosi per aver introdotto il badile come nuova unità di misura per il traffico di cocaina.

Filippo Cocucci

Figura di spicco della nuova finanza creativa, l'immobiliarista romano è stato condannato a sette anni per truffa plurima con l'aggravante della crudeltà: non solo ha venduto lo stesso bilocale a ducentocinquanta persone, ma le ha costrette a viverci tutte insieme, in condizioni di atroce promiscuità. Il suo caso appassiona i giuristi: l'indulto stabilisce che Cocucci deve uscire subito dal carcere, ma dal momento che non ci ha ancora messo piede, non può beneficiare di alcuno sconto di pena. Per questo gli avvocati hanno chiesto allo stato di pagare al loro assistito una penale di un milione di euro per rimediare al torto inflittogli. Altra soluzione: lo sconto di pena che Cocucci non può riscuotere sarà girato a suo cognato.

Orio Podretti

È il dinamico imprenditore parmigiano che ha fondato uno smisurato impero finanziario vendendo ai risparmiatori i bond della Inguscezia nel corso di pittoresche aste televisive, nelle quali si presentava nudo con un pitale in testa gridando: "Sono matto!". Migliaia di italiani gli hanno creduto e gli hanno consegnato tutti i loro risparmi. Sono stati condannati per demenza finanziaria, ma adesso diverse centinaia di padri di famiglia potranno godere dell'indulto e uscire dal carcere.

Mario Ventimila

È un anziano detenuto per reati comuni, popolarissimo nel carcere di Poggioreale, dove tiene l'unico corso al mondo di scippo per anziani, dimostrando come l'artrosi non impedisca di scappare. La sua pena si esaurirebbe nel 2043, ma Mario Ventimila potrà uscire subito di galera grazie a un curioso errore procedurale. I titoli di giornale – *Ventimila fuori dal carcere* – sono stati presi alla lettera da un secondino, che lo ha accompagnato personalmente a casa sulla sua Punto.

Puccio Antibaldi von Zeller

Avvocato, deputato di Forza Italia, condannato per corruzione di magistrato e successivamente per corruzione di ministro, perché nel frattempo il magistrato corrotto era diventato ministro. È agli arresti domiciliari nella sua villa di Portovenere. Ha sempre sostenuto che i dodici milioni di euro versati per la corruzione erano in realtà la parcella per l'imbiancatura della sua casa di campagna nel Chianti, effettuata da un amico magistrato, appassionato di bricolage, durante un weekend. Si considera vittima di una persecuzione, anche se non saprebbe dire con esattezza quale, e ha fondato un'associazione per la tutela dei carcerati miliardari, per i quali (sono parole di von Zeller) "il carcere è una punizione molto più crudele che per uno stronzo qualunque". Ha accolto l'indulto con moderata soddisfazione, spiegando che – comunque sia – uscirà da casa sua solo dopo Ferragosto perché deve prima terminare le ferie.

Cristiano Poveruomo

Ha iniziato rubando galline, ma poi il suo profilo criminale si è aggravato: è passato alle faraone, poi ai tacchini, infine gli è stato fatale il furto dello struzzo dello zoo di Roma. È rinchiuso a Regina Cœli dal 1987, ma non può usufruire dell'indulto perché, senza di lui, nessuno sarebbe in grado di provvedere allo struzzo e agli altri pennuti chiusi insieme a lui nella pittoresca cella-voliera del braccio numero quattro.

L'impiccagione di Saddam

Se Saddam Hussein morirà impiccato, per gli americani sarà una clamorosa sconfitta politica: Bush avrebbe preferito la sedia elettrica. Fonti vicine alla Casa bianca riferiscono di un presidente amareggiato: "È molto giù, come quando seppe che gli iracheni non sono presbiteriani". Ricevendo la comunità islamica americana, dopo avere rivolto una delle sue consuete, informali domande di benvenuto ("C'è qualcuno di voi che si chiama Fonzie?"), il presidente, per rompere il ghiaccio, ha comunque scherzato a lungo sulla condanna a morte di Saddam, chiedendosi come diavolo faranno gli arabi, con tutto quel deserto, a trovare una quercia abbastanza robusta. Negli ambienti teo-con, molto attenti ai valori tradizionali americani, si fa comunque notare che l'impiccagione è parte integrante dell'epopea del Grande Paese, e dunque è una soluzione più che accettabile. Nel Sud, alla fine delle funzioni religiose, si canta ancora la struggente ballata popolare *Un canapo, un ramo e un negro appeso*.

Negli ambienti ultraconservatori si è però aperto un aspro dibattito sui requisiti di Saddam: "Un arabo non è un negro, anche se può sembrarlo," ha dichiarato il reverendo Scott O'Hara, leader dell'estrema destra repubblicana dell'Arizona e autore di un emendamento umanitario che cerca finalmente di dare regole al linciaggio, legalizzandolo. "E un'impiccagione senza negri, che impiccagione è?" "Gli arabi non saranno negri, ma poco ci manca," ha replicato l'acerrimo rivale Tim Pukhinpek, campione di rodeo diventato eroe nazionale per aver fatto irruzione in un dibattito tivù in groppa a un toro inferocito, sparando sugli oratori. "Dunque impicchiamolo senza fare tante ciance da checche." A parte questo dibattito giurisprudenziale, gli esperti sono preoccupati per le conseguenze dell'esecuzione di Saddam. Gli scenari possibili sono tre: *a)* massacri e guerra civile; *b)* stragi e attentati; *c)* genocidio e fiumi di sangue. "È la migliore risposta possibile," fa sapere l'entourage di Bush, "a chi sostiene che l'invasione dell'Iraq non consente sbocchi. Qui di sbocchi ce ne sono addirittura tre, e un quarto è un'escalation militare che coinvolga tutta la regione, compresi Siria, Iran, Pakistan, India e Indonesia." "Uno scenario di guerra limitato e controllabile," commentano al Pentagono, "per esempio, esclude Canada e Nuova Zelanda." Altri osservatori, più ottimisti, valutano vicino allo zero l'impatto dell'esecuzione di Saddam: "Il genocidio, la tortura e il massacro sono, in Iraq, già adesso regola quotidiana: come diavolo volete che possa peggiorare un casino del genere?" ha dichiarato in una riunione di reduci il mitico generale John Padborsky, che negli anni sessanta propose di invadere le Filippine per distogliere l'attenzione dell'opinione pubblica dalla guerra in Vietnam.

Un vivace dibattito ha accolto, nel frattempo, l'ultimo saggio del polemista conservatore Mark Ulbricht, già autore del pamphlet negazionista *Custer aveva vinto*. Nel nuovo best seller, intitolato *Non mandiamo i nostri ragazzi a morire lontano*, Ulbricht si dissocia, a sorpresa, dall'invasione dell'Iraq e applica le teorie isolazioniste alla guerra. "La logica, e i costi molto più ridotti," scrive lo studioso, "ci suggeriscono la soluzione più ovvia: fare la guerra qui tra di noi, al sicuro. Una seconda, grandiosa guerra civile che ci consenta di non disperdere in paesi assurdi il nostro straordinario potenziale militare. Basta sparare sui cammelli! Basta arabi col nasone! Miliardi di dollari e una tecnologia avanzata non meritano questi sprechi! A me, ad esempio, quelli del Missouri sono sempre stati sulle balle."

PS Ecco invece una notizia vera. Ronald Reagan, nel primo storico incontro con Gorbaciov, gli chiese: "Ma in caso di invasione aliena, voi russi con chi stareste?". Gorbaciov si mise a ridere. Non capì che non era una battuta. Reagan è morto convinto che plutoniani e comunisti stessero tramando per distruggere la Terra. E ancora non si era accorto degli arabi.

Come affrontare gli sconvolgimenti del clima e la desertificazione del pianeta? L'amministrazione Bush, accusata di scarsa sensibilità ambientale, in realtà ha preparato da diverso tempo un piano molto accurato. Prevede misure severissime di risparmio idrico, la più drastica delle quali è la riduzione delle buche dei campi da golf da diciotto a diciassette. Ma soprattutto, il governo americano intende rovesciare la mentalità negativa in materia di catastrofi, e vedere nella desertificazione un'occasione irripetibile di sviluppo economico.

Turismo

La creazione di vaste zone desertiche anche in paesi temperati, come Spagna, Francia e Italia, permetterà la nascita di una fiorente attività carovaniera. Per spostarsi in cammello da Roma a Parigi, per esempio, ci vorranno almeno cinquanta giorni, con aumento smisurato delle spese di pernottamento nelle oasi. Biada e carote rischiano di raggiungere i cinquanta dollari al barile. Ma gli esperti americani assicurano che anche altri settori potranno avere uno sviluppo insperato: la grande disponibilità di sabbia a basso prezzo, per esempio, fa pronosticare un boom nella produzione di clessidre. Bene anche i documentari sui serpenti a sonagli, si comincerà a produrli persino a Rieti o a Tolosa. A ruba, in tutte le Borse, i titoli delle aziende di pompe funebri.

Abbigliamento e accessori

È in questo settore che gli americani prevedono un vero e proprio boom, tale da rilanciare decisamente l'economia globale. "È vero," si legge nel rapporto, "che la popolazione mondiale sarà dimezzata in cinquant'anni da sete, fame, pestilenze, guerre per l'acqua, scorbuto e attacchi di predoni. E che, dunque, il mercato sarà ridotto del 50 per cento. Ma questa diminuzione dei clienti sarà compensata da una diffusione oggi quasi impensabile di capi di vestiario finora solo di nicchia. Chi potrà fare a meno del fazzoletto con le quattro cocche da tenere sul capo sotto il sole a picco, o delle speciali ginocchiere Nike per avanzare carponi sulla sabbia rovente?" Quanto all'altra metà della popolazione mondiale, che dovrà sopravvivere in zone alluvionate o definitivamente sommerse, prevedibile il boom di piroghe, maschere con boccaglio, batiscafi (finora riservati a una élite di studiosi, saranno necessari per rincasare) e costumi da tritone e da sirena per uscire la sera.

Venezia

Innamorati di Venezia, i turisti americani non vedono l'ora di visitarla nella nuova versione subacquea. Nelle simulazioni al computer, piazza San Marco appare splendida come sempre, con la sola differenza dei branzini al posto dei piccioni. Prezzi proibitivi nei bar: da Florian una bombola da sub shakerata, aromatizzata al Martini e con una fettina di limone, costerà fino a trecento euro. Divertenti le olive zavorrate. Suggestive le gondole sommergibili, con il gondoliere che indossa il caratteristico scafandro a righe bianche e blu. Deludenti le gite in vaporetto sopra una distesa di acqua stagnante, chiusa a nord dalle Alpi e a ovest dalla flotta americana ormeggiata a Milano.

Hollywood

L'industria del cinema avrebbe preferito una nuova glaciazione, considerata più spettacolare per via dei mammut e soprattutto dei pinguini, che sono decisamente più di moda dei cammelli e meno sindacalizzati. Ma anche la prospettiva di un'estinzione dell'umanità per disidratazione è considerata uno scenario molto stimolante dall'industria dell'entertainment. Tra i progetti già avviati: *Babbo Natale nel Sahara*, spiritosa commedia con Santa Claus che costringe i beduini a indire libere elezioni votando le sue renne presidente della Repubblica; *Sfida a Bukur*, primo western ambientato nello Yemen, con gli indiani, i cowboy, la diligenza e tutto quanto identico, "tanto chi se ne frega," spiega ridendo il produttore. E infine *Drink!*, geniale apologo nel quale si invita l'umanità a risparmiare le riserve idriche bevendo solo Negroni.

Nella corsa al Quirinale, i due schieramenti si sono comportati secondo la loro natura politica. Il centrosinistra puntava su personalità di esperienza e sicura fedeltà istituzionale, come Cavour e Napolitano. Il centrodestra su figure più spigliate e innovative, come Vallanzasca o Califano, oppure su una donna, che potesse effettuare il discorso di fine anno scosciata (molto curiosa la gaffe di Berlusconi, convinto che una donna presidente ci fosse già stata: Gronchi Rosa). Negli incontri preparatori fra i due schieramenti si era molto parlato del metodo Saragat (una variante del metodo champenois che fece salire al Colle, per fermentazione, l'indimenticabile statista, detto anche "il senatore a vite"). Alla fine si è deciso di procedere con il metodo tradizionale, che consiste nel telefonare a oltranza, giorno e notte, a una ristretta rosa di persone anziane, sperando che almeno una senta la suoneria e risponda. Così è accaduto per Giorgio Napolitano. La cui biografia politica, comunque, mette al riparo il paese da ogni sorpresa. Smentiamo una volta per tutte, intanto, il famoso gossip che lo vorrebbe figlio naturale di Umberto di Savoia. È falso: dei due, Napolitano è il padre.

Figura storica del movimento operaio, Napolitano fondò giovanissimo la corrente Attendista, che si proponeva l'instaurazione del socialismo per esaurimento naturale del capitalismo, al massimo in una decina di secoli. Fu tra gli oppositori della Comune di Parigi, da lui ritenuta un obiettivo troppo ambizioso, e prematuro per i tempi. In alternativa, propose la Comune di Mentone, per le dimensioni ridotte e il clima mite della cittadina rivierasca. Benché sia di carattere molto riflessivo, gli storici gli attribuiscono non pochi colpi di testa. Come quando, durante una sparatoria della polizia di Scelba contro un corteo operaio, avvicinò un vicequestore apostrofandolo duramente con una frase rimasta celebre: "Per cortesia, signore, sia così savio da sollecitare i suoi uomini a non aprire il fuoco su persone inermi, in modo da non mettere a repentaglio l'incolumità fisica di innumerevoli cittadini italiani il cui solo torto è prendere parte a una manifestazione pubblica autorizzata, come certifica il fascicolo che ho qui sottobraccio e che ora sottoporrò alla sua attenzione". Morirono diciannove persone.

Prudente, rispettoso degli avversari, molto attento alle forme, Napolitano non ha mai alzato la voce, nemmeno quando, durante una storica seduta della segreteria del Pci, rimase bloccato in ascensore per due giorni, silenzioso e paziente. Al congresso di Livorno del 1921, quando nacque il Pci, Napolitano era contrario alla scissione dai socialisti. Non solo: era l'unico che propugnasse, al contrario della scissione, l'allargamento della sinistra a tutto il resto del paese, dal Rotary al Vaticano, dalla Juventus al Club alpino. Tessitore instancabile di rapporti politici cordiali e collaborativi, conquista gli interlocutori per sfinimento. Celebri alcuni episodi. Pur di levarselo di torno, il capo dei terroristi altoatesini, snidato in una malga della Val Passiria, giurò fedeltà a Roma e scese a valle per consegnarsi ai carabinieri. Durante la Resistenza, contrario agli attentati contro i nazifascisti perché il rumore assordante disturbava gli abitanti del quartiere, Napolitano praticò una strategia alternativa: avvicinava i militari tedeschi per la strada e faceva "bum" con la bocca, fuggendo poi velocissimo benché già anziano. Fu tra gli oppositori più convinti delle invasioni di Ungheria e Cecoslovacchia: in entrambe le occasioni mandò a "l'Unità" lo stesso, storico editoriale, intitolato *Invadere un paese straniero è pura maleducazione*. Saputo della candidatura al Quirinale, Napolitano ha fatto sapere ai suoi sponsor che la definizione "corsa al Colle" gli pareva eccessiva, e poco consona alla dignità istituzionale dei candidati. Ha proposto di sostituirla con "lenta ma sicura camminata di avvicinamento al Colle". Secondo gli analisti, un'eventuale presidenza Napolitano avrebbe un'unica possibile controindicazione: che egli stesso si addormenti mentre pronuncia il discorso di fine anno.

Estremisti bipartisan

In vista delle elezioni, il bipolarismo serra i ranghi cercando di attirare anche le schegge più minute nei due schieramenti. Silvio Berlusconi ha appena annunciato l'accordo con Alessandra Mussolini e sta prendendo contatti anche con Otto Hitler, nipote del Führer. Ma spera di accordarsi con le frange ancora più radicali dell'estremismo di destra, dalla Lista Osiride, che raccoglie i nostalgici dei faraoni e pratica sacrifici umani, a una lista civica di massaie altoatesine che sostengono la superiorità genetica dei gerani da balcone rispetto a ogni altra forma di vita, anche umana. Ma vediamo, a destra e a sinistra, quali sono le altre formazioni politiche corteggiate per raccogliere il massimo numero di elettori.

Bracconieri delle Due Sicilie

Espulsi dalla lista Caccia e Pesca perché durante le assemblee sparavano per scherzo al microfono mentre l'oratore stava parlando, i Bracconieri delle Due Sicilie sono una piccola formazione di cacciatori del Sud tradizionalisti, furiosi per i divieti imposti alle forme più antiche ed entusiasmanti di caccia, da quella al falco migratore a quella ai cartelli stradali. Ultimamente, appostati sulla costa di Lampedusa e di Leuca, sparano ai barconi degli immigrati e poi li espongono, impagliati, nella loro suggestiva sede, colma di trofei. Chiedono almeno un candidato nel centrodestra, più uno del centrosinistra per allenarsi al tiro.

Santa Fede

I sanfedisti non sono più quelli di una volta, con il forcone e il canapo per impiccare i liberali. Il forcone è stato sostituito da Marcello Pera, mentre il canapo non regge il confronto con le corde di nylon, più scorrevoli e leggere. Sono ormai ridotti a poche centinaia ma sanno farsi valere, specie durante le processioni rituali in Aspromonte, quando portano fieramente la pesantissima statua del santo per le vie del paese fino al balcone del municipio, sul quale la issano gettando di sotto il sindaco. Recentemente, su incarico di Berlusconi, è andato a trovarli Ferdinando Adornato per invitarli ad aderire alla Costituente dei Moderati.

Veri Padani

Nati da una costola della Lega, i Veri Padani sostengono che Romani, Longobardi e Goti hanno sfrattato dalle loro terre i Padani Nativi, una fiera tribù di ominidi stanziali costretta a cedere all'invasore per colpa di un malaugurato equivoco tecnologico: avevano scoperto l'arco e la freccia, ma non avevano capito che dovevano usarli insieme. I Padani Nativi hanno un quotidiano ufficiale, "il Gutturale", che però non è stampato su carta. Viene diffuso per via orale, secondo la tradizione. Vogliono spostare la capitale da Roma a Pizzighettone, l'antica Uga-Uga, con le sue splendide palafitte sommerse, i cui abitanti annegarono rincasando. Chiedono un posto nel centrodestra, possibilmente a Pizzighettone.

Nuclei Rivoluzionari di Avanguardia Proletaria Senza Tregua Linea Rossa Combattente per il Comunismo

Sono due fratelli di Pistoia, Mario e Maria Marioni, che hanno ripudiato la lotta armata dopo il sequestro di un bazooka, l'ultimo rimasto, a opera di un vigile urbano che li aveva fermati sulla loro Vespa. La loro linea politica è l'instaurazione immediata del comunismo in tutto il mondo, entro la mezzanotte di sabato prossimo. In caso contrario, si rifiutano di partecipare alle primarie e comunque hanno fatto sapere a Bertinotti, che gli aveva proposto un seggio, di volere il suo.

Partito virtuosista scissionista

Incarna la tradizione classica della sinistra italiana: pur essendo costituito solo da una cinquantina di iscritti, riesce a organizzare una nuova scissione ogni mese. È a sua volta frutto di una scissione del Partito scissionista proletario, scissione dei Socialisti scissi che a loro volta si scissero da una scissione dell'Internazionale settaria, sciolta nel 1923 per divertimento. Simbolo: un bisturi in campo rosso. Punta a eleggere, nel centrosinistra, mezzo candidato: l'altra metà sarà donata alla scienza.

No! No! No! global

Rappresentano l'ala più radicale del movimento no global. Combattono le multinazionali suonando il bongo. Propongono l'introduzione dei bongo anche nei lavori parlamentari, e la cura del cancro con il bongo. Non si conoscono altre proposte operative. Bertinotti aveva cercato di proporre loro un patto elettorale, ma il suono del bongo ha sovrastato le sue parole.

I senatori a vita di destra

La destra italiana fa autocritica: inutile recriminare sul voto compatto dei senatori a vita in favore del governo Prodi. Molto meglio affrontare alla radice la situazione e lavorare sodo per ottenere, in tempi brevi, senatori a vita di destra da contrapporre, finalmente, allo strapotere della sinistra nel campo dei cittadini insigni. Un comitato di saggi della Casa delle libertà sta già lavorando in gran segreto per individuare una rosa ristretta di candidati di alto profilo, da sottoporre in tempi brevi al Quirinale. Ecco le prime indiscrezioni.

Flavio Briatore

Pur essendo considerato uomo di sinistra per la sua battaglia in favore delle mance, è accreditato da tutto il centrodestra per i meriti imprenditoriali. Intende recarsi al Quirinale con la modella Ursula De Moncado e lasciarla sola con il presidente Napolitano per il colloquio decisivo per la nomina. Farà dono alla signora Clio di una Lamborghini di rappresentanza e di un autista watusso. Per il suo ingresso in senato sceglierà il basso profilo: smoking bianco e sombrero, un rinfresco a base di uova di tartaruga per i senatori, barbecue per i giornalisti. Il suo discorso sarà concluso da fuochi d'artificio cinesi e dall'intervento dei pompieri.

Commendator Carmelo Mirimegno

Proposto dall'Udc. Ormai centenario, Mirimegno è il fondatore di una dinastia di costruttori edili che ha davvero cambiato la faccia al Sud Italia. È l'inventore dei piloni di calcestruzzo a cielo aperto, il suo motto è "Io comincio, Dio penserà al tetto". Vincitore di centinaia di appalti grazie all'improvviso decesso di tutti gli altri concorrenti, ha costruito quattro ospedali, due velodromi e un palazzo del ghiaccio nella sola cittadina natia, Santa Addolorata, duemila abitanti dei quali la metà pistard professionisti, l'altra metà disoccupati.

Luana Lumbardini

È considerata la regina delle telepromozioni. Amicissima di Bettino Craxi, poi di Silvio Berlusconi, poi di Paolo Berlusconi, poi di Piersilvio Berlusconi, poi del cugino Delmo Berlusconi, ultimamente conduce aste di divani con una verve e un sorriso smaglianti. Ha lanciato una linea originale di maglieria, con la scollatura che si collega direttamente alle scarpe. Negli ambienti di Forza Italia la si considera il simbolo della forza imprenditoriale e dell'ottimismo. Sta preparando il suo primo discorso da senatore a vita, accompagnata al pianoforte da Marco Predolin, con solo due interruzioni pubblicitarie in segno di rispetto per le istituzioni.

Valoroso Lo Duce

Avvocato, ottantanove anni, già espulso dalla X Mas per eccesso di spirito combattente (aveva proposto di risalire a nuoto il Tamigi per strangolare Churchill a mani nude), non ha mai riconosciuto la Repubblica italiana e vive asserragliato nel palazzotto di famiglia con la sua collezione di elmetti prussiani, molti ancora attaccati al teschio del proprietario. Uomo integerrimo, autore di studi giuridici sulla fucilazione nelle varie legislature, la sua figura marziale arricchirebbe il senato di una presenza insolita (Lo Duce veste solo divise militari e durante le discussioni sfodera spesso la sciabola), ma molto rappresentativa. Interpellato, si è detto disposto a riconoscere la Repubblica purché la capitale sia spostata a Salò.

Filopante Camertosi

Formidabile polemista sul "Foglio" di Giuliano Ferrara, vicino a papa Ratzinger per il quale ha curato una guida dei vini di pessima qualità in opposizione ai luoghi comuni di Slow Food, è il principe degli spiriti liberi. Monarchico, misogino, nostalgico dell'Impero Bizantino, fumatore di narghilè, colonialista, vergine, cavallerizzo, collezionista di litografie sadomasochiste, famoso per i mustacchi arrotolati e il guardaroba di abiti ottomani, rettore onorario dell'Università di Malta, in senato intende battersi per abolire il bipolarismo e sostituirlo con un triumvirato di nomina papale.

Scandalopoli

Dopo Calciopoli e Savoiopoli, quali altri scandali incombono sull'Italia del Terzo Millennio? Lo abbiamo chiesto ai principali istituti di monitoraggio sociale, i quali ci hanno volentieri risposto, ma solo in cambio di un pingue fuoribusta e dell'invio di un torpedone di bagasce.

Scandalopoli

Alcuni degli scandali lanciati recentemente sul mercato sarebbero contraffatti. Confezionati da una banda di falsari che ha tentato di piazzarli, con successo, presso giornali e telegiornali. Tra questi, Branzinopoli (sul traffico di cefali truccati da branzini), Carlopoli (si era diffusa l'idea che tutti gli italiani di nome Carlo avessero comperato abusivamente il nome corrompendo l'ufficiale anagrafico) e Schumacheropoli (il pilota tedesco starebbe sulle balle a tutti, ma forti pressioni verrebbero esercitate dalla Fiat sui giornali per non scriverlo). Il pretore Guariniello sta indagando sullo scandalo degli scandali taroccati, ma è ormai convinto che anche Scandalopoli non sarebbe altro che un falso scandalo per coprire gli scandali veri.

Sessuopoli

Il pretore Guariniello sta portando alla luce un vastissimo scandalo: prestazioni sessuali in cambio di prestazioni sessuali. I contorni del gigantesco traffico non sono ancora del tutto chiari, ma pare che ormai in questo paese sia molto frequente, per poter avere un rapporto sessuale consenziente, avere un precedente rapporto sessuale estorto con il ricatto. Sconvolgenti le intercettazioni telefoniche: "Lei: Facciamo l'amore? Lui: Eh, cara mia. Solo se prima me la dai".

Atleticopoli

Anche l'atletica leggera è in piena bufera. Una cupola di giudici corrotti manipolava il risultato delle gare con i mezzi più vari: spostando avanti o indietro la fettuccia del traguardo, sostituendola con un cavo d'acciaio per ferire gli atleti sgraditi, invertendo improvvisamente la direzione della corsa per far sì che gli ultimi risultassero in testa. La gigantesca truffa è stata denunciata da un maratoneta onesto, insospettito dal fatto che durante la maratona di Milano un giudice colluso lo aveva indirizzato lungo l'autostrada per Bologna. Giunto al casello di Reggio Emilia, il maratoneta onesto ha telefonato al procuratore Guariniello per denunciare lo scandalo. Secondo i primi accertamenti, essendo l'atletica uno sport povero, tra i coinvolti non vi sarebbe alcuno scopo di lucro, solo il piacere di imbrogliare.

Elettrautopoli

Un colossale traffico di calendari per elettrauto contraffatti (i capezzoli delle donnine nude sarebbero in realtà ritoccati col pennarello) ha portato a scoperchiare uno scandalo ancora più grave: i calendari per elettrauto, anche quelli non contraffatti, sarebbero in realtà calendari per camionisti usati e poi riciclati come calendari per elettrauto nuovi di zecca. Se n'è accorto il procuratore Guariniello notando, dal suo elettrauto, che la miss di novembre aveva i capelli cotonati. Guardando meglio, si è accorto che il calendario era del 1962.

Dadopoli

Per la prima volta nella storia, ricercatori italiani di una facoltà di Ingegneria deviata sono riusciti a costruire dadi a sette facce invece delle tradizionali sei. Con questi dadi è possibile fare 7. Ma su alcuni esemplari, pesantemente contraffatti, sulla settima faccia è stato addirittura disegnato il numero 8. È stato questo a insospettire alcuni clienti delle bische clandestine, abituati a barare onestamente. "Finché usciva il 7," ha dichiarato una vittima della truffa, "si poteva pensare a un giocatore di particolare talento." Le indagini sono condotte dal procuratore Guariniello.

Monopolopoli

Incredibile! Anche il popolare gioco del Monopoli è stato truccato da una cupola di ragazzini. Circolano migliaia di scatole del Monopoli con alcune caselle cosparse di un mastice invisibile. Quando la pedina di un giocatore vi incappa, ci resta incollata e il giocatore è costretto a sborsare cifre esorbitanti al proprietario della strada, fino alla rovina completa. Su Monopolopoli sta indagando il figlio del procuratore Guariniello.

Finanza creativa

In declino la stella di Ricucci, inguaiato Consorte, chi sono i nuovi astri della finanza creativa? Il 2006 ha in serbo clamorose new entry. Ecco le principali.

Lenin Bottazzi

Si è imposto all'attenzione del management delle cooperative rosse con una nuova, indovinatissima forma di investimento: ha prelevato l'intero contenuto della cassa della sua cooperativa reggiana, la Buoi da Traino (ultimamente in crisi) e lo ha giocato al casinò di Campione puntando sul 23, giorno di nascita della fidanzata Jessica. Il numero è uscito, e Bottazzi ha potuto trasformare la vecchia, gloriosa Buoi da Traino in un colosso della macellazione. Il movimento cooperativo ha molta fiducia in lui: da tutta l'Emilia i soci fanno la fila per consegnare a Lenin i loro risparmi. Per diversificare gli investimenti, il dinamico finanziere rosso ha promesso di non fidarsi più della sola roulette, ma di voler puntare anche sullo chemin-de-fer.

Gino Bruttoni

È il nome emergente tra i nuovi banchieri padani. Originario della Val Brutta, nell'alto Bresciano, ha aperto a soli diciotto anni nella piazza del suo paese, a Brutta Downtown, il primo Sportello Bancario Ambulante: custodiva il denaro dei clienti, per rassicurarli, direttamente nelle proprie tasche, in una giacca a vento che in breve assunse dimensioni smisurate, tanto che in paese, pur essendo di costituzione magra, lo chiamavano Gino la Mongolfiera. Il caveau era stato ricavato negli scarponi con doppiofondo. Fuggito in Svizzera per evitare che Roma ladrona mettesse le mani sui soldi dei padani, col denaro trafugato acquistò una giacca a vento ancora più capiente e così via, fino a riempire di denaro contante prima un materasso, poi una mongolfiera vera. I suoi ex compaesani, ancora oggi, nelle giornate terse possono vedere la mongolfiera, con i loro soldi dentro, svettare oltre le Alpi, e sono molto fieri del loro Gino.

'Ntonio La Conocchia

È il banchiere di fiducia dell'Aspromonte. Modernizzatore dell'arcaica economia locale, si è fatto notare per l'introduzione del sistema delle plusvalenze nei rapimenti: depositava i rapiti nei caveau delle banche svizzere. Leggendaria la sua Opa per il controllo del Banco di Bogotá, poi offerto come regalo di nozze alla figlia del narcotrafficante Pedro "Pista" González. Molto religioso, fa la comunione tutte le domeniche dopo aver ammazzato il prete che lo ha appena confessato. Benefattore, ha finanziato dieci tesi di laurea sulla crisi delle vocazioni in Calabria. In concorrenza con la finanza padana, punta a scalare il Credito Bellunese per raderlo al suolo e, in segno di sfregio, a cospargerne le rovine di peperoncino piccante.

Federichino Orsobaldi Lacroix

Ultimo rampollo degli Orsobaldi Lacroix, ha saputo trasformare la vocazione di famiglia – non fare un cazzo dalla nascita alla morte – in una professione invidiata: lo slow manager. Compie non più di un'operazione di Borsa all'anno, alzandosi dal letto e schiacciando un tasto a caso sul computer. Con questo sistema la sua finanziaria, la Bradipo srl, ha già dilapidato seicento milioni e fatto chiudere un paio di fabbriche, ma, secondo i calcoli degli analisti, gliene restano abbastanza per non fare un cazzo per almeno altri settantacinque anni, purché i suoi operai sul lastrico continuino a non sapere dove abita. Unica macchia, Federichino ha lavorato un giorno della sua vita: ha fatto la parte di Ciccio, l'assistente di Nonna Papera, in un kolossal di Steven Spielberg sulla Guerra di Secessione.

Peppe Cicerchia

Tra gli immobiliaristi romani, si distingue per una tattica particolarmente ingegnosa: mentre i suoi predecessori speculavano sul prezzo degli immobili vendendoli al doppio, lui raddoppia la metratura spostando i muri con una ruspa, nottetempo. Questa strategia gli è valsa il soprannome di "Peppe l'Onesto": chi acquista da lui un bilocale, si ritrova in un quadrilocale. Gli basta rimuovere i calcinacci e il cadavere della vecchietta vicina di casa.

Vanessa Demon

Unica donna in un mondo rigorosamente maschile. La sua tecnica è infallibile: sposa il finanziere d'assalto di turno e quando lo arrestano divorzia e si fidanza con il successivo. Ha in portafoglio decine di polizze sulla vita e un chilometro di filo di perle vere, tanto che medita di candidarsi a governatore della Banca d'Italia.

Berlusconi colpisce ancora

L'ormai storico intervento di Berlusconi davanti ai confindustriali avrà un sequel, come *L'esorcista*? Forse sì, anche se gli sceneggiatori del premier dubitano di poter ripetere la magia di quelle urla strozzate, di quello sguardo allucinato e specialmente la sequenza nella quale Berlusconi roteava la testa scandendo profezie in aramaico, mentre una pioggia di rane e fanghiglia si abbatteva sui convegnisti terrorizzati. In ogni modo, lo staff del premier concorda su un punto: la tattica delirante non è solo spiazzante, è anche vincente. Incute timore nelle menti più fragili, e sta attirando sul presidente del Consiglio l'inaspettato favore degli ex sessantottini, nostalgici di Basaglia e sempre disposti a parteggiare per i soggetti marginali. Senza contare la tradizionale simpatia che suscita nei ceti popolari la figura del matto delle barzellette. Ecco le prossime tappe della campagna elettorale di Berlusconi, fondata sul potente e oscuro fascino della pazzia.

Faccia a faccia

Nei faccia a faccia, Berlusconi intende rispettare scrupolosamente i tempi del dibattito, al quale però si presenterà a cavallo. Il cavallo, secondo le regole, non dovrà essere inquadrato mentre parla Prodi, ma quando è il turno di Berlusconi potrà anche impennarsi, nitrire e accennare brevi sgambate nello studio. Arrivo e partenza del premier saranno accompagnati da musiche di Wagner da lui stesso eseguite con la bocca, e accompagnandosi con una mano sotto l'ascella per riprodurre il suono del bombardino.

Economia

Per smentire il clima iettatorio e lagnoso alimentato dalla sinistra, il premier adotterà una strategia molto diretta: si presenterà senza preavviso, per non rovinare la sorpresa, presso alcune famiglie italiane, aprendo il frigorifero e magnificandone qualità e quantità del contenuto. Per essere più convincente, divorerà sul posto tutto quello riuscirà a reperire, sottolineando con schiocchi delle labbra ed esclamazioni soddisfatte lo stato di evidente benessere nel quale versa il paese. Durante un'incursione di prova in un caseggiato popolare di Rozzano, dopo aver vuotato il frigorifero – compresi un barattolo di senape e dieci seppie crude – il premier ha inghiottito, tra le risate e gli applausi dei presenti, anche i detersivi, giudicandoli ottimi e suggerendo alle massaie alcune ricette tradizionali. Per la gioia dei bambini, ha anche fatto le bolle di sapone con la bocca.

Liegi-Bastogne-Liegi

Il premier vi prenderà parte, mentre ha deciso di disertare la Parigi-Roubaix e il Giro delle Fiandre, a causa di precedenti impegni. Cercherà di evitare la volata, per non esporsi alle scorrettezze dei velocisti dell'Europa dell'Est, e dunque tenterà la fuga fin dai primi chilometri, che percorrerà in motocicletta a folle velocità, vestito come Louis De Funès in *Fantomas*.

Convention

La classica performance del comizio solitario camminando su e giù per un palco gigantesco ha fatto il suo tempo, e soprattutto, nelle riprese filmate, Berlusconi si è accorto che in una scenografia così imponente sembra un nano fuggito dal circo. Ecco dunque un nuovo tipo di convention, più intima, meno dispersiva. Il premier, chiuso in una stanza piccolissima, riceve a uno a uno i convegnisti, per pochi secondi ciascuno, urlandogli nelle orecchie con un megafono una frase di incoraggiamento, fino a che l'adepto cade in trance perdendo sangue dai timpani.

Look

Basta con gli abiti di Caraceni, troppo formali. D'ora in poi solo look brillanti e spiritosi, in tono con la verve del premier: tailleur, divise da pompiere o da guardaboschi, tute da palombaro, completini da basket e, per gli appuntamenti pubblici più importanti, gli abiti di scena originali di Laurence Olivier nel *Macbeth*.

Riassunto

Il Berlusconi che concluderà alla grande la campagna elettorale sarà un uomo a cavallo o in motocicletta, vestito come Macbeth, che grida in un megafono, partecipa alle classiche del ciclismo e svaligia i frigoriferi.

Nozze celebri

Il matrimonio a castello Odescalchi fra Tom Cruise e la terza moglie di Tom Cruise ha scatenato una gara di emulazione tra fidanzati famosi, che anelano a superare in magnificenza una cerimonia già entrata nel Guinness dei primati per almeno due aspetti: il numero di ostriche cadute per terra nella ressa, e il numero di inviati dei tigì che si sono azzuffati per raccattarle. A chi andrà la palma per il matrimonio più memorabile? Vediamo i candidati.

Tom Cruise e Tabika Bobelson

Per le sue quarte nozze, previste tra una ventina di giorni, Cruise ha scelto la modella Tabika Bobelson, diventata famosissima e miliardaria per la campagna pubblicitaria di una spazzola per cani. I due si sposeranno a Bracciano, sede delle precedenti nozze di Cruise, per finire i resti del buffet. Saranno accompagnati da alcuni figli adottati per l'occasione: una cinesina in leasing e due ghanesi a noleggio, già presenti come figli adottivi in diversi matrimoni hollywoodiani. La torta nuziale, a forma di consulente finanziario, farà il suo ingresso in limousine. La cravatta dello sposo sarà di marzapane. Il matrimonio non sarà più secondo i dettami di Scientology (Cruise trova monotono ripetersi) ma secondo il cerimoniale dei neoplutoniani, che prevede il nudo integrale per tutti gli invitati. Sarà presente Walter Veltroni.

Philo Budder e Johanna Manilović

Continua la bella favola del re del rap duro, cresciuto nel ghetto taglieggiando i disabili e primo in classifica a diciotto anni con il cd *Sono una merda spaventosa*, vincitore del Grammy per il miglior arrangiamento: le urla degli accoltellati sono masterizzate in perfetto sincrono. Il gigantesco afroamericano, centonovanta chili compresa una gamba di legno, impalmerà a Los Angeles la modella anoressica Johanna Manilović, conosciuta in carcere. Per le nozze è stato prenotato il Plaza di New York, che lo sposo provvederà a svuotare personalmente dei clienti stanandoli stanza per stanza. Favoloso il buffet, con mucche, maiali e galline macellati sul posto dagli invitati.

Amos Cobianchi Bianchi e Spiridiana Borromeo

Portofino in subbuglio per i preparativi delle nozze tra i due nobili rampolli. La favolosa Villa Lavazza, già Villa Riello e prima ancora Villa Telefunken, residenza estiva dei von Opel poi acquistata da Berlusconi e rivenduta a Ricucci che l'ha ceduta all'Aga Khan, è ridotta a un cesso perché nessuno dei proprietari ci ha trascorso più di una settimana. Il padre della sposa ha speso due milioni di euro solo per derattizzarla. Il menu per tremila invitati sarà curato dal mago della cucina destrutturata, il cuoco andaluso Miguel Arregui, che miscelerà nei suoi sifoni centinaia di ingredienti scelti a caso, per divertire gli invitati. Si sa solo che la torta di nozze, di consistenza melmosa, sarà servita in piscina, nel senso che la riempirà quasi per intero.

Silvio Berlusconi e Gwenda

Pur non essendo divorziato, Berlusconi si sposerà lo stesso, per non cedere alle odiose prepotenze della magistratura. La fortunata è la conturbante sciantosa Gwenda (al secolo Pierina Paoloni), conosciuta a Las Vegas durante l'ultimo G8, anche se si teneva a Ottawa. I festeggiamenti faranno sicuramente impallidire qualunque precedente: Villa Certosa sarà ampliata per l'occasione annettendosi l'aeroporto di Olbia e alcuni quartieri periferici, che saranno rasi al suolo per edificare un fac-simile del parco di Yellowstone, completo di orsi e di ranger, tutti interpretati da personale sardo per favorire lo sviluppo dell'isola. Il vino sarà Bordeaux del 1923, dieci bottiglie in tutto, più altre diecimila con l'etichetta contraffatta per non arrendersi alle regole staliniste imposte dall'enologia di sinistra. Clamoroso il regalo per la sposa, un diadema di perle, diamanti, smeraldi, rubini, oro, platino, mosaico ravennate, antiche icone russe e un Van Gogh, il tutto incastonato su un telaio da go-kart, da indossare solo nelle occasioni speciali con l'aiuto di un argano. Le nozze, rigorosamente cattoliche e benedette dal Vaticano, saranno celebrate solennemente da un cardinale che conserverà l'incognito per non essere arrestato.

I nuovi boss mafiosi

Il covo di Bernardo Provenzano è diventato un set tivù di grande successo. In un paese dalle radici contadine come l'Italia, piacciono e quasi commuovono le condizioni igieniche precarie, la dieta a base di cicoria, le sedie sfondate, la grafia da semianalfabeta, l'usanza semplice e vigorosa di sopprimere le persone a mani nude, l'abitudine di pettinarsi col rastrello, la tivù sempre accesa su Michele Cocuzza (o Cucuzza, nessuno ha ancora capito come cazzo si chiama). Ma chi prenderà il posto del Capo dei Capi? Ecco l'identikit dei principali candidati.

Carmine Schiantalapecora

È l'esponente di spicco della mafia di Bagaricchio, il quartiere di Palermo dove la polizia non riesce a entrare dal 1947 perché i semafori sono stati bloccati sul rosso dai boss del rione. Diventati ricchi e potenti grazie al contrabbando di materassi, gli Schiantalapecora hanno dapprima prevalso sul clan dei Santamadonna, uccisi a testate nello stomaco, poi su quello dei Giuffrella, quattordici fratelli tutti soprannominati "'u Scimunitu" e tutti morti in quattordici diversi incidenti sulla stessa motocicletta con i freni manomessi. Il capofamiglia don

Carmine, ottantun anni, è latitante da quando ne aveva dodici, e ha dichiarato che si arrenderà solo a Mussolini o a Bing Crosby. Si dice che viva murato nella tromba dell'ascensore di un condominio e che per impartire ordini ai suoi gridi forte ogni volta che sente salire qualcuno.

Calogero Imperitore

Gli Imperitore vivono a Cusulicchio, il villaggio di montagna dove la polizia non è mai riuscita a entrare perché la strada è interrotta da un gregge di pecore che sfila ininterrottamente dal 1961. Calogero, di età imprecisata, è latitante dalla nascita: la madre lo partorì alla macchia, in un antro nascosto fra i rovi (secondo altre versioni, a un concerto di Michele Zarrillo). Rispettatissimo, don Calogero controlla il traffico delle tapparelle e riscuote il pizzo dai risuolatori di scarpe in tutta la Sicilia orientale. Ha l'aspetto fisico di un vecchio nano miserabile, è sdentato e parla in un dialetto così stretto che non lo capisce neanche il suo cane volpino. Gli inquirenti, dopo aver ascoltato a lungo il pentito Girolamo Ucchiata, sostengono che Imperitore controlli cinque o sei ministeri e tratti da pari a pari con Wall Street, ma pare sia uno scherzo dello stesso Ucchiata, annoiato dopo sedici ore di interrogatorio.

Maso Introietta

Detto "'u Magru" perché vive in un'intercapedine abusiva alla periferia di Gela, nel quartiere Misericci dove la polizia non è mai riuscita a entrare perché gli abitanti non vogliono. Controlla il racket dei tappezzieri e punta al gigantesco business delle cialde da cannolo. La sua ultima fotografia conosciuta lo ritrae, dodicenne, mentre cerca di aggredire la macchinetta automatica delle fototessera. Gli studiosi della mafia si chiedono come possa lo stato essere tenuto in scacco per interi decenni da un relitto umano che ha fatto solo la seconda elementare, si scaccola con le dita dei piedi e parla male anche il dialetto. Ma non riescono a darsi risposta.

Jack Stramucchio

Gli Stramucchio sono un clan ricchissimo e ambizioso, e il giovane Jack ha studiato a Oxford, ha un master in Economia e commercio, veste in modo raffinatissimo e ha sposato Miss Universo. Soprannominato "'u Ricchione" a causa del fatto che usa correttamente congiuntivo e condizionale, Jack ha avuto parecchie difficoltà ad affermarsi in Cosa nostra. Suscitava molta diffidenza il fatto che al posto dei rotoli di banconote usasse la carta di credito, e al posto delle mani la forchetta. Recentemente, gli si attribuisce una svolta tradizionalista: per farsi accettare, il boss avrebbe abbandonato il suo attico a Manhattan e si sarebbe trasferito in un porcile dove vive con una statua di padre Pio, circondato dalle teste mozze delle sue vittime e da altri raccapricciandi reperti, tra i quali tutti i cd di Michele Zarrillo. Ha abbandonato la moglie, un'attrice canadese ventitreenne, per sposare una contadina barbuta, racchia, bassa e grassa, dalla quale durante la latitanza ha avuto nove figli per corrispondenza. Crudelissimo, Stramucchio uccide le vittime inghiottendole ancora vive, con la tecnica dell'anaconda. Punta al record di latitanza: solo ventun anni, che però valgono il doppio perché trascorsi in gran parte come vigile urbano a Palermo.

2007

L'anno della strage di Erba,
dell'inverno più caldo e di quando tutti avevano un blog,
di quando a Hammamet intitolarono una via a Bettino Craxi
e su YouTube si vedevano solo video di studenti
che facevano scemenze,
di quando Veronica chiese pubbliche scuse
e i democratici di sinistra non furono più di sinistra
ma solo democratici,
di quando il Cavaliere chiese una raccomandazione
a due veline così da far cadere il governo
e Dell'Utri annunciò di essere in possesso
dei diari falsi di Mussolini,
di quando la 'ndrangheta espatriò in Germania,
di quando almeno per un po' Biagi tornò in Rai,
della Casta, della mondezza napoletana,
di quando alla Fiat ebbero l'idea di rifare la Cinquecento
e di quando Pavarotti se ne andò.
E di quando dopo quarantacinque anni di regno
morì Malietoa Tanumafili, sovrano di Samoa.

I rifiuti campani

La Regione Campania ha indetto un concorso internazionale per risolvere il problema dello smaltimento dei rifiuti. Sono pervenute da tutto il mondo (perfino dall'Italia) numerose proposte. Ecco quelle che sono state giudicate le più realizzabili.

Il miracolo

È la proposta avanzata dal Comitato scientifico della Cei, che suggerisce di collocare davanti a ogni cumulo di rifiuti una statua della Vergine, portata in processione dalle autorità locali, e riunirsi in preghiera fino a che i rifiuti spariscano, lasciando nell'aria un intenso profumo di rose. Interessanti risultati delle simulazioni effettuate dai tecnici vaticani: i fedeli, dopo un quarto d'ora in ginocchio nelle discariche, a trentasei gradi centigradi, hanno avuto le visioni. A molti è apparsa santa Chiquita, protettrice delle banane. Altri giurano di aver visto Maradona che calciava un cocomero, con l'effetto a spiovere, centrando una lavatrice sfondata a quaranta metri di distanza.

Vesuvio bis

Un gruppo di artisti giapponesi, specializzati in installazioni gigantesche purché fuori del Giappone, propone di ammucchiare i rifiuti fino a realizzare un Vesuvio bis, di uguali dimensioni e identica forma. Le esalazioni del materiale in decomposizione arricchiranno il Vesuvio bis del caratteristico pennacchio di fumo. Sulle pendici, rese scivolose dai liquami, si potrà sciare anche d'estate.

Capri due

Il sovraffollamento turistico dell'isola ha suggerito a un gruppo di intellettuali l'idea di costruire con i rifiuti una enorme piattaforma galleggiante accanto a Capri. Una Capri due con tanto di faraglioni di pneumatici usati, piazzetta per lo shopping e tavolino di Raffaele La Capria.

Su Giove

Una flottiglia di gigantesche astronavi per trasportare tutta l'immondizia su Giove: è la ragionevole proposta alternativa suggerita dai sindaci dei Comuni campani che rifiutano le discariche sul loro territorio. Le astronavi verrebbero pilotate da autisti dell'azienda comunale dei trasporti in aspettativa, quasi tutti parenti di Mastella. Due problemi: il costo enorme delle astronavi, troppo elevato anche per essere inserito tra le spese di rappresentanza della Regione, e la ferma opposizione dei sindaci di Giove, che hanno annunciato blocchi stradali accumulando fotoni e neutrini lungo le rotte intergalattiche.

Partita di giro

È un'interessante proposta fatta da un Consorzio di famiglie camorriste. Ogni Comune vende i rifiuti alla Provincia, che li rivende alla Regione, che li rivende alla camorra, che infine li rivende allo stato quando il prezzo al quintale, dopo tutti quei passaggi, ha ormai raggiunto il costo del caviale all'ingrosso. Resta il problema dello smaltimento, perché i rifiuti rimarrebbero dove sono: ma la camorra assicura che, con i miliardi di euro ricavati, potrebbe aprire un centro studi per il riciclaggio, con docenti di Harvard e premi Nobel prelevati nelle loro case, legati, imbavagliati e portati a Napoli.

Guapperia
I guappi dei Quartieri Spagnoli non condividono le sofisticherie finanziarie della nuova camorra. Propongono i vecchi metodi: sparare ai camion della nettezza urbana per tenerli lontani dai loro quartieri. Il metodo ha un'indubbia efficacia a breve termine. A lungo termine, i camion in fuga incolonnati al Brennero rischierebbero di guastare i rapporti con la Regione Alto Adige.
Contrabbando
Ecco una vecchia risorsa dell'economia meridionale che può tornare a nuova vita. I motoscafi dei contrabbandieri, rimessi a nuovo con una mano di vernice e tappi di sughero a chiudere i buchi prodotti dalla ruggine, potrebbero portare clandestinamente i rifiuti nei paesi del Mediterraneo e scaricarli sulle spiagge arabe, cantando *Caravan Petrol.*
In famiglia
I promotori del Family Day sono stati presi in parola: poiché la famiglia è il nucleo fondamentale della società, ogni famiglia dovrà tenere i suoi rifiuti in casa, e provvedere a smaltirli all'interno delle mura domestiche, ingoiandoli, senza rompere le balle al prossimo.

Il Pantheon del Pd

Prosegue animata la discussione sul Pantheon del Partito democratico, che dovrà riunire le icone care alle varie componenti. L'unica cosa certa è che il Pantheon si farà comunque, anche se il nuovo partito non dovesse nascere, perché è l'unica cosa davvero divertente uscita dalla discussione pluriennale dei membri costituenti.

Il progetto dell'edificio è stato affidato a Renzo Piano, che ha in mente una piattaforma galleggiante da attraccare nei vari porti italiani. La famiglia Panini provvederà alle immagini autoadesive delle diverse migliaia di icone candidate. Le icone, inserite nelle tradizionali bustine in vendita in tutte le edicole, saranno selezionate con il metodo delle primarie. Le doppie e le triple potranno essere scambiate tra gli aventi diritto e chi riuscirà a completare l'album sarà invitato, per premio, al primo congresso del Pd, quello di scioglimento. In attesa di scegliere le icone, si infiamma il dibattito sui lumini. La Margherita li vuole a tutti i costi, un cero acceso sotto ogni volto sacro. I diessini sono contrari, ma pare che siano disposti ad accettare un compromesso: un cero, però spento. Gli ulivisti della prima ora insistono per il ramoscello d'ulivo. Molti vorrebbero una coccarda tricolore. Vannino Chiti lavora per una soluzione unitaria: ogni volto sarà guarnito da un cero acceso, un cero spento, un ramoscello d'ulivo e una coccarda tricolore, con luci stroboscopiche, segnalatore acustico, una lastra commemorativa di marmo, una gualdrappa di velluto rosso e un cicerone addetto a recitare ad alta voce la biografia del personaggio.

Ma veniamo ai nomi. Veltroni propone Pizzaballa, da esporre anche in carne e ossa perché vivente, e tutti i membri della famiglia Kennedy: John, Bob, Ursula, Ethel, Jimmy, Henry, Billy, Max, Theodore, Vanessa, Ramón, George, Teddy, Sammy, Jeff, Lou, Paffy, Mary, Leopold e Groucho Kennedy. I teo-dem della Margherita chiedono come prima scelta san Giovanni Decollato, poi Maria Goretti, Alcide De Gasperi, Gino Bartali e, nel punto absidale dell'edificio, un assortimento di papi, schierati in formazione tipo, metà in piedi metà accosciati. Berlinguer e Craxi, che tanto hanno fatto discutere in questi giorni, saranno presenti in un fotomontaggio mentre si passano la borraccia sui tornanti dello Stelvio. Bocciata l'ipotesi di esporre anche le loro reliquie, offerte da numerosi sensali ma di dubbia provenienza. Pare certo che quelle di Craxi siano state trafugate dai suoi fan. In una cappella laterale verranno invece raccolti i numerosissimi ex voto dedicati a Bettino, per grazia ricevuta, da centinaia di assessori, appaltatori e finanzieri di tutta Italia.

Quanto agli altri nomi, per fare solo i principali: Karl Marx, Jimi Hendrix, Totò, Pier Paolo Pasolini, Anna Magnani, Aldo Capitini, don Milani, don Sturzo, Don Backy, Palmiro Togliatti, Franco Franchi e Ciccio Ingrassia, Beniamino Andreatta, Françoise Hardy, i Beatles, Silvio Piola, il Quartetto Cetra, Nilde Iotti, Primo Levi, Giulio Einaudi, Isabel e Salvador Allende, Natalino Otto, G.W.F. Hegel, Friedrich Engels, Sandro Penna, il Che Guevara, Domenico Modugno, Eduardo De Filippo, Seneca, Diego Armando Maradona, Rosa Luxemburg, Fausto Coppi, i fratelli Cervi, Giovanni Falcone, Bianca di Savoia, i Gracchi, Fernandel e Gino Cervi, Giorgio Strehler, Severino Gazzelloni, Enzo Ferrari e Socrate. Lo stretto nesso politico-ideale tra questa rosa di nomi, secondo i probiviri del Pd, è così ovvio che non vale la pena spiegarlo. I visitatori del Pantheon saranno comunque muniti di una matita e dovranno unire l'una con l'altra tutte le facce, formando alla fine una figura-chiave sulla quale viene mantenuto uno stretto riserbo. Secondo la Margherita, sarà il volto della Madonna di Fatima; secondo i diessini, Giuseppe Di Vittorio mentre arringa i braccianti; secondo Veltroni, Joshua Kennedy (fondatore della dinastia, sceso dalla *Mayflower* in anticipo sugli altri padri pellegrini con un gommone privato); secondo D'Alema, Massimo D'Alema.

'Ndrangheta

La strage di calabresi in Germania ha riacceso i riflettori sulla 'ndrangheta. Gli investigatori italiani, accorsi sul posto, hanno impiegato le prime due settimane di indagini per spiegare ai colleghi tedeschi come si scrive "'ndrangheta". "Non avevamo mai sentito una parola così ridicola," spiegano ridendo a crepapelle il capitano Kraut e il tenente Würstel, incaricati di affiancare i colleghi italiani. Nel frattempo, si sta aggiornando la mappatura delle principali famiglie malavitose.

Famiglia Strangio

In Aspromonte, quasi tutti si chiamano Strangio. Un'omonimia che ha reso difficilissime le indagini di polizia, spesso arenatesi di fronte a citofoni con venti o trenta Strangio. Perfino i regolamenti di conti sono faticosissimi, con uomini armati che gridano "Chi è Strangio?!" e centinaia di mani che si alzano contemporaneamente. Molto temuto e rispettato il boss Pino Strangio, un re-pastore che ancora oggi pascola personalmente un milione di pecore facendo la transumanza in autostrada e bloccando il traffico per intere settimane. Altrettanto temuto è il suo rivale Rino Strangio, che per spirito di competizione fa la transumanza in Australia imbarcando due milioni di pecore su una flotta di lussuosi cargo, con sauna e idromassaggio per gli armenti.

Gnimmete e Gnommete

Gli Gnimmete e gli Gnommete erano un tempo famiglie alleate, e controllavano il traffico della ricotta di seconda scelta (la popolarissima gibidicchia, molto apprezzata per intonacare le case abusive). Il patto di sangue che li univa è stato però sciolto quando, nel passaggio dalla ricotta alla cocaina, il fatturato è salito da trecentomila lire a un trilione di euro. Una faida terribile, Gnimmete contro Gnommete, insanguina da allora il paese di Fitucchia, duecento anime sospese su un dirupo. Le esecuzioni avvengono per spinta. Devoti a santo Curbizzu, gli Gnommete non perdonano agli Gnimmete di preferire santa Misuzza. Sconosciuti già a duecento metri da Fitucchia, i due santi sono i patroni del paese, e le due processioni annuali, purtroppo concomitanti, si risolvono ogni anno in una sparatoria collettiva, per partecipare alla quale gli emigrati di Fitucchia tornano da mezzo mondo indossando già sull'aereo il caratteristico costume dei devoti, una pelle di lupo decorata con interiora di merluzzo, segno della sacra unione tra mare e montagna. "Siamo così dai tempi del Neolitico," dicono con orgoglio i fitucchiesi, "e chi non è d'accordo, *'n trocchia cizzipizzi casibiri*" (antica espressione locale il cui significato sfugge, come il significato di tutto il resto, tanto agli Gnimmete quanto agli Gnommete).

Uozzolo

Gli Uozzolo sono considerati dagli inquirenti la più feroce delle famiglie emergenti. Uccidono i nemici a bastonate e per sfregio disturbano il funerale raccontando barzellette. Legatissimi alle tradizioni, trattano cocaina ed eroina come il caciocavallo, facendo essiccare i pani a un trave tarlato. Dopo una settimana la droga è inservibile e gli Uozzolo buttano via tutto. Per questo sono ancora poverissimi e pensano di abbandonare la droga e dedicarsi al racket delle riparazioni dei cartelli stradali: prima li sforacchiano a fucilate, poi tappano i buchi con la gomma da masticare e chiedono al sindaco cento euro per ogni buco tappato.

Mammabella

Sono la 'ndrangheta moderna, quella che ha saputo uscire dall'economia pastorale. I Mammabella rilasciano lo scontrino fiscale ai rapiti e di recente hanno fatto domanda di condono edilizio per un centinaio di buche a schiera dove custodiscono gli ostaggi. Mandano i figli a laurearsi in America, in genere con tesi in economia e commercio sul riciclaggio. Portano le pecore a pascolare con l'Audi e hanno modi raffinati: i loro regolamenti di conti si svolgono solitamente nei tennis club o nei circoli velici, invece che nei sudici bar di paese.

Carciofo

I Carciofo sono considerati il clan più anomalo di tutta la Calabria. Sono infatti composti da un solo membro, Domenico Carciofo, che è scapolo, non ha famiglia ed è ateo. "È la fine della 'ndrangheta," commentano i vecchi del paese scuotendo la testa.

Gli eredi di Pavarotti

Basta con le polemiche volgari. I veri eredi di Pavarotti sono quelli artistici. Sono i grandi tenori che prenderanno il suo posto nel cuore del grande pubblico. Ecco i principali candidati alla successione del Maestro.

Alfonso Strabuzzoni

I loggionisti del Regio di Parma, quando canta Strabuzzoni, perdono la testa per l'entusiasmo: alcuni piangono a dirotto, altri svengono, altri ancora si strappano i vestiti di dosso e si conficcano le unghie nella carne, qualcuno si sporge sbracciandosi con tanto empito da cadere di sotto. La sovrintendenza è stata costretta a mettere delle reti di protezione. La potenza vocale di questo giovane tenore è devastante: i soprani, terrorizzati dai duetti d'amore con Strabuzzoni, per proteggere orecchie e pettinatura si esibiscono con un casco da motociclista e sono costretti a fissare i vestiti con metri e metri di cavo d'acciaio per evitare che la voce del tenore li denudi. Formidabile il suo Alfredo, anche se durante l'agonia di Mimì non può chinarsi sull'amata perché l'emissione del fiato è così forte da mantenerlo perennemente in posizione eretta. I registi, consci del problema, cercano di farlo cantare sempre in piedi, anche quando il libretto prevede che debba morire. Il critico Paolo Isotta lo ha accusato di impreparazione musicale.

Ermanno Strabuzzini

Il dualismo Strabuzzoni-Strabuzzini è di quelli destinati a dividere pubblico e critica. All'opposto di Strabuzzoni, Strabuzzini supplisce alla limitata potenza vocale con una minuziosa conoscenza della partitura, e un virtuosismo tecnico-musicale senza pari. Questo lo porta a volte a strafare: nell'ultima *Aida* all'Arena di Verona ha cantato tutte le parti, compresa quella degli elefanti, e ha diretto l'orchestra minacciando il direttore con una picca. Battendosi il petto, è in grado di riprodurre anche il suono del gong. La critica lo esalta, il pubblico è perplesso, i sindacati degli orchestrali lo detestano. Il critico Paolo Isotta lo ha accusato di eccessiva preparazione musicale.

Lucio Pavarozzi

Penalizzato da una impressionante somiglianza con Pavarotti, è accusato di esserne un piatto imitatore. La sua *Norma* è praticamente identica a quella del Maestro, e ogni anno il tenore organizza a Formigine, sua città natale, un discusso Pavarozzi & Friends con artisti pop di difforme ispirazione, dall'Orchestra Casadei alla brunetta dei Ricchi e Poveri. La critica, prima di giudicarlo, vorrebbe sentirlo impegnato anche in altre opere, ma Pavarozzi per adesso ha in repertorio soltanto il *Vincerò*. Promette di preparare presto anche le altre parti della *Norma*. Il critico Paolo Isotta ha cercato di aggredirlo nel foyer del teatro Comunale di Formigine.

Farko Uppta

L'avanguardia incarnata. L'idolo della critica più anticonformista. Con il regista lituano Mavirius, direttore artistico del Muzik Teatrt di Vilnius, ha conquistato la critica spogliando le principali opere liriche di tutti gli orpelli della tradizione. Canta solo in palcoscenici lugubri e disadorni, nudo e immobile, mentre riflettori dalla luce lattea ne esaltano la fisionomia diafana e la spaventosa magrezza. La voce, assicura chi l'ha ascoltato, è sublime, ma Uppta reputa volgare la melodia e dunque, in scena, si limita a sillabare a bassissima voce la sua parte. Il critico Paolo Isotta lo ha querelato.

Mikado Wakabe

Il giovane tenore giapponese strabilia il pubblico per la perfetta dizione, la misura vocale ineccepibile, la forza espressiva della recitazione. Il suo unico problema è che non capisce neanche una parola di quello che canta, ed è convinto da sempre che il melodramma sia un genere popolare gallese tipico delle miniere di torba. Ma nessuno ha avuto ancora il coraggio di avvertirlo, perché quando esegue Verdi vestito da quacchero, o Wagner a bordo di un calesse delle campagne inglesi, la sua voce è così straordinaria che anche Paolo Isotta ha deciso, per ora, di sospendere il giudizio.

Dopo la scoperta dei diari del Duce da parte di Marcello Dell'Utri (li ha acquistati insieme a un kit comprendente anche il reggipetto di Joséphine Baker e un biglietto della metropolitana appartenuto a Garibaldi), dilaga in tutta Italia il fiorente mercato dei diari inediti. Piccati per il successo di Dell'Utri, alcuni dirigenti diessini hanno annunciato, con orgoglio misto a sorpresa, un ritrovamento ancora più sensazionale: i diari integrali di Antonio Gramsci, rinvenuti su una bancarella di libri usati a Roma, non solo in ottimo stato ma addirittura già rilegati e pubblicati sotto il nome di *Quaderni dal carcere*.

Silvio Berlusconi non ha voluto essere da meno. Sotto un vaso di petunie, nel giardino di Arcore, ha rinvenuto il suo Diario Vitt della seconda media, con Cocco Bill in copertina sapientemente ritoccato: naso rifatto e fluente capigliatura. Tra le pagine più interessanti, una dura requisitoria contro i bidelli comunisti, le letterine d'amore alle quattordici compagne di classe con promessa di matrimonio, e una bozza di contratto per un appartamento a Parigi regalato alla preside in cambio della promozione. Incerta l'attribuzione di un progetto di lottizzazione del cortile della scuola, con un quartiere modello al posto della palestra e tutte le firme con i permessi contraffatte a regola d'arte. Berlusconi la rivendica, i suoi avvocati suggeriscono prudenza.

Paolo Guzzanti annuncia di essere in possesso dei diari inediti di Romano Prodi, scritti in cirillico, con il minuzioso racconto dei suoi rapporti con il Kgb. La prefazione di Scaramella è già un caso letterario: è datata 1951 e Scaramella è nato vent'anni dopo, circostanza che Guzzanti definisce irrilevante ai fini dell'autenticità del documento: "Lo avrà scritto suo padre, non mi pare proprio che la sostanza cambi".

Sicurissima, invece, l'attribuzione a Umberto Bossi di un diario ritrovato nell'Archivio Storico di Pontedilegno. Alcune pagine sono incollate da fette di taleggio, e la circostanza non lascia dubbi agli studiosi. Alcune tavole di larice con rudimentali lettere dell'alfabeto incise con un punteruolo, e disegni stilizzati di buoi e asce, sono state invece classificate come i diari inediti di Roberto Calderoli.

Il "Corriere della Sera" annuncia la ripubblicazione integrale di tutti i diari e le autobiografie pubblicati in Italia dal dopoguerra a oggi: a causa dell'egemonia comunista nelle case editrici, sarebbero stati tutti corretti e censurati uno per uno. La contraffazione ideologica (come spiega in un editoriale Pierluigi Battista) si era spinta al punto di modificare non solo date e circostanze, ma addirittura i nomi dei protagonisti. Lo dimostrerebbero i nomi grotteschi di molti capi democristiani, come Ciriaco, Amintore e Alcide, sicuramente attribuiti agli ignari De Mita, Fanfani e De Gasperi dalla task force di correttori comunisti. Dal punto di vista commerciale, i diari di Mussolini verranno pubblicati da Dell'Utri in una delle eleganti edizioni che lo hanno reso famoso: la collana Dolmen, rilegata in marmo di Carrara e munita di rotelle per poterla spostare. Seguiranno i diari di Claretta Petacci e quelli di Rachele Mussolini, cinquemila pagine di ricette tipiche romagnole, tutte a base di piadina e formaggio squacquerone. Tutti rigorosamente autentici, come certifica lo stesso Dell'Utri ridendo forte. Passando dall'alta filologia al commercio minuto, si segnala il proliferare di diari inediti di tutte le fogge sulle bancarelle di mezza Italia. Si va dai diari ermetici di Giuseppe Ungaretti, una parola ogni dieci pagine bianche, ai preziosi diari di Dante Alighieri e Petrarca su rotoli di pergamena, impossibili da srotolare senza ferro da stiro.

Senatori in leasing

Comperare un senatore: ciò che un tempo poteva sembrare una stravaganza per pochi ricchi, oggi è un investimento sicuro, quasi alla portata di tutti. Le possibilità offerte dal moderno mercato politico-finanziario sono infatti molteplici. Vediamo le principali.

Acquisto classico

È ancora la forma preferita da chi non ha problemi di liquidità, come Silvio Berlusconi. La cifra varia sensibilmente a seconda dell'età dell'articolo in vendita: un senatore sotto la cinquantina, se di sana costituzione, può valere anche un milione di euro perché può essere rivenduto con sicuro profitto nelle prossime legislature. Un senatore anziano vale meno della metà, anche se la moda dei senatori vintage sta facendo lievitare i prezzi degli ex democristiani, richiestissimi anche per battesimi e prime comunioni, e degli ex socialisti, il cui prezzo raddoppia se nano oppure ballerina. Poi, naturalmente, ci sono i pezzi unici: per una senatrice ex socialista, non solo ballerina ma addirittura anche nana, sono stati offerti cento milioni di euro da un miliardario russo che intendeva esporla impagliata nel suo loft londinese.

Affitto o noleggio

Per chi consideri troppo oneroso l'acquisto, sono ormai numerose le agenzie romane che offrono senatori in affitto per l'intera legislatura, o anche a noleggio per una sola votazione. Pacchetti molto vantaggiosi comprendono, oltre al noleggio del senatore o della senatrice per un'intera seduta a Palazzo Madama, anche la cena serale in un ristorante tipico e un brillante dopocena su una terrazza romana, compresa la scazzottata con il paparazzo. Un senatore del gruppo misto, molto spiritoso, include tra i suoi servigi anche un bacio alla francese in macchina, a fine serata, con il cliente.

Mercatino dell'usato

Fino a qualche mese fa, era una pratica semiclandestina: a Porta Portese alcuni ambulanti offrivano sottobanco senatori usati. Bastava farsi capire, loro aprivano il furgone e sotto gli scampoli di stoffa o le scatole di scarpe spuntavano un paio di senatori, spesso in ottimo stato, e abbinabili come i comodini d'epoca. Ultimamente, grazie alla fine delle ipocrisie del politically correct, i senatori e le senatrici di seconda mano sono direttamente esposti sulle bancarelle, in grisaglia o in tailleur, e vanno davvero a ruba. Ma attenzione all'incauto acquisto: non tutti i senatori in vendita nei mercatini sono ancora in carica, e il rischio è ritrovarsi in casa con un ex senatore, dimesso già da tre o quattro legislature, che rompe i coglioni perché è abituato all'auto blu e vi frega le cravatte dall'armadio.

Leasing

Il senatore in leasing: ecco una soluzione davvero efficace, che mi piacerebbe molto potervi spiegare se fossi riuscito a capire, in tutti questi anni, che cos'è il leasing.

Ingrosso

Trattare l'acquisto di senatori al dettaglio può essere molto costoso. Ed ecco che va diffondendosi la compravendita all'ingrosso di interi gruppi parlamentari, che vengono consegnati a domicilio su un torpedone già impavesato con i colori dell'acquirente. Sul pullman, durante la cerimonia di consegna del materiale umano, finite le visite sanitarie e il controllo della dentatura, spesso ha luogo anche una rumorosa asta di pentole e piccoli elettrodomestici.

Senator crossing

È una pratica molto simpatica, che va diffondendosi sulla falsariga del book crossing: si lascia il proprio senatore su una panchina, o nella sala d'aspetto della stazione, in attesa che qualcuno se lo porti a casa e magari ne lasci al suo posto un altro. Le sorprese sono infinite, il ricircolo delle idee è praticamente senza limiti: può capitare di lasciare in un parco un senatore di Rifondazione di origine operaia e ritirare una beghina della Margherita, oppure un ex repubblichino, o un concusso dell'Udc. "Pratico il senator-crossing da anni," ci ha confidato un lobbista del Nordest, "e devo dire che sono sempre rimasto soddisfatto. Tranne quella volta che in un autogrill ho caricato un senatore dipietrista che voleva farmi arrestare perché non avevo messo la freccia."

Benvenuti, cari amici, alla nostra seguitissima hit parade dei video studenteschi mandati in rete su YouTube. Al gradimento del pubblico aggiungeremo anche una breve nota critica a cura della nostra redazione new media.

Al quinto posto, con diecimila contatti, resiste il simpaticissimo video di Calogero, ormai un vero e proprio classico. Il diciassettenne di Trapani scoreggia a raffica durante la lezione di matematica e poi indica la professoressa dicendo che è stata lei. Un po' statica l'inquadratura, con le natiche di Calogero quasi sempre in primo piano, ma molto efficace lo zoom sul volto della professoressa che si scusa con tutta la classe nel timore di essere denunciata per abuso di mezzi di correzione. Monocorde l'audio. Si sarebbero ottenuti risultati migliori se l'autore, invece dell'antiquato Nubira 547 dotato solo di pip-master, avesse potuto usare un telefonino di nuova generazione, con sweezy zoom, breaking eye e podizzazione automatica. Le condizioni sociali disagiate dei genitori di Calogero hanno scatenato una gara di solidarietà tra gli utenti di YouTube, che stanno organizzando una colletta per regalare al promettente video-maker un Mistuki 223, stereofonico, per remixare con audio adeguato le armonie anali del protagonista.

Irrompe al quarto posto, con dodicimila contatti, quello che è considerato il vero e proprio kolossal dei video scolastici, *Il ratto delle Orsoline*. Si vede l'irruzione di ottanta studenti di ragioneria, vestiti da antichi romani, nell'istituto di suore, per effettuare il rapimento a scopo di stupro di altrettante studentesse. La scena dell'arresto da parte delle forze dell'ordine culmina nell'appassionato intervento dello psicologo, che attribuisce a un trauma infantile la furia devastante degli ottanta energumeni e li fa rimettere in libertà tra due ali di genitori in tripudio, che gridano: "Basta con l'abuso dei mezzi di correzione". Ottimo il montaggio, che nell'alternanza tra violenze di massa e primi piani terrorizzati delle vittime ricorda la lezione di Ejzenštejn. Le difficoltà di parola di tutti e ottanta i protagonisti del video aggiungono al racconto il fascino del film-verità.

Nella nuova categoria "Video d'essai", ecco il prodotto davvero suggestivo di Mirko e Vanessa, due fidanzatini di Vicenza, entrambi studenti dello scientifico, che con grande povertà di mezzi hanno realizzato lo spietato autoritratto di una generazione mandando su YouTube i loro primi piani. Di sconvolgente efficacia la bocca semiaperta, l'espressione spenta, la totale assenza di reazioni anche mentre il professore di scienze si dà fuoco in cattedra dopo essere stato raggiunto da un mandato di cattura per abuso di mezzi di correzione.

Secondo posto per lo spettacolare video realizzato a Napoli, con il patrocinio della Regione Campania, da una cooperativa di bulli minorenni che organizza gare di trotto abusive nei corridoi degli istituti tecnici cittadini. Per garantire la regolarità delle corse, vengono drogati sia i cavalli che i fantini. Molto cliccata la scena nella quale un preside, per evitare l'accusa di abuso di mezzi di correzione, accetta simpaticamente di fare lo starter di una corsa di bighe che alla fine gli costerà la vita: trentamila contatti.

Al primo posto, ecco la clamorosa sorpresa. Con un milione di contatti, sbaraglia il campo un video realizzato da un gruppo di insegnanti romani. Si intitola *Abuso di mezzi di correzione* e vi si vedono professori ambosessi, di tutte le età e di ogni orientamento politico, che prendono a sberle gli studenti. Nella sequenza successiva, cacciano a spintoni dalla scuola i genitori e infine inalberano sul tetto il tricolore, abbracciandosi in lacrime. Il contenuto è molto crudo, ma la recitazione sorprende per freschezza ed entusiasmo.

Arrivano i blog

Il fenomeno dei blog sta creando nuovi punti di riferimento politici e culturali. Senza bisogno di un editore e di un distributore, senza il condizionamento della pubblicità, senza il filtro selettivo e classista delle varie oligarchie al potere, chiunque può diffondere le proprie opinioni in ogni angolo del mondo. Per esempio, ha destato sensazione il caso di Ursula Blank, ex playgirl di giugno, che nel suo blog *Save Us*, "salviamoci", è riuscita a convincere milioni di persone che il solo modo per salvare la Terra sia un intervento di chirurgia plastica che snellisca l'Equatore e sollevi leggermente le calotte polari. Ma Ursula non è la sola. Vediamo gli altri casi.

Chan O'Hara

Il giovane studente sino-americano, grazie al suo cliccatissimo blog sulla politica mondiale, ha conquistato il mondo no global, facendo apparire obsoleti in pochi mesi Naomi Klein e Noam Chomsky. Sostiene la teoria del collasso: secondo lui non possiamo più permetterci di perdere tempo borbottando in attesa della catastrofe, e dunque dobbiamo fare di tutto per accelerarla. Tra i suoi consigli: consumare moltissima energia tenendo sempre acceso il tagliaerba e il frullatore, dimezzare i salari per provocare rivoluzioni sanguinose, votare in massa Bush nella speranza che un conflitto nucleare costringa i superstiti a riflettere.

Bepi Roderigo

Il suo fortunatissimo blog, *Xé tuti mona*, è diventato un vero e proprio culto. Bepi è un disoccupato di Treviso, senza titoli di studio, pregiudicato per piccoli furti, che pur essendo semianalfabeta ha aperto un blog nel quale si propone, negli anni, di riuscire a definire "mona", con nome e cognome, un elenco di circa settecentomila persone – dal papa a Bin Laden –, di destra e di sinistra, potenti della Terra e assessori locali, imprenditori, calciatori, scienziati, filosofi, giornalisti eccetera. Sostenuto da milioni di fan, Bepi accetta nel suo blog anche segnalazioni di mona da lui non previsti.

Kurt Heinzwaffer

Quando ha aperto il suo blog di barzellette naziste, l'ex ufficiale delle Esse Esse, recluso in un penitenziario argentino per crimini contro l'umanità, non si aspettava di certo di diventare l'idolo di quella fetta di opinione pubblica che detesta il politicamente corretto e considera spiritosissime le barzellette contro ebrei, negri, omosessuali e handicappati. "Il blog di Heinzwaffer è davvero liberatorio," ha commentato il Nuovo Filosofo francese Bernard Matisse, "perché denuncia l'ipocrisia dei radical-chic e il perbenismo della sinistra." Recente l'apertura di una nuova sezione di barzellette sconce sulle femministe.

Calogero Ramacchioni

Fino a pochi mesi fa, tracciava le sue inconfondibili scritte È COLPA DI MIO COGNATO sui muri di Siracusa. Poi ha avuto l'idea di aprire un blog, e ha così potuto far sapere a milioni di persone la sua teoria: le principali questioni mondiali saranno irresolubili, secondo Ramacchioni, fino a che non verrà abolita la figura del cognato. L'originale pensatore siracusano denuncia l'esistenza di una vera e propria congiura mondiale dei cognati, riuniti in un'associazione segreta che trama contro di lui personalmente. È il quarto blog più cliccato d'Italia.

Emmanuele Citrico

Il giovanissimo scrittore romano, quattordici anni il prossimo mese, ha catalizzato l'attenzione del mondo culturale con un blog nel quale stronca quasi tutta la letteratura mondiale, da lui ritenuta priva di nerbo e mal scritta. Sostiene che autori come Proust, Dante, Omero e Shakespeare sono stati sopravvalutati dalle lobby dei critici letterari. Molto superiore a Omero, per esempio, era il suo coevo Plitennestro, ignorato dai posteri solo perché era completamente afono e nessuno riusciva a udire le sue liriche. Citrico salva anche Cervantes, ma solo nella traduzione in tedesco da lui stesso curata mentre faceva la seconda media. Insomma, uno stronzetto borioso e millantatore: ma grazie al blog, finalmente le sue opinioni possono avere la diffusione che meritano.

Il grande successo della nuova Cinquecento sta facendo tendenza. Il richiamo al passato esercita sugli italiani un fascino irresistibile, e stilisti, creativi e uomini del marketing stanno preparando il lancio di nuovi prodotti dotati dello stesso potere evocativo. Vediamo i principali.

Nuova Seicento

È un'idea geniale e imprevedibile di Lapo Elkann, che ha lasciato senza fiato il management Fiat. Da mesi tutti si facevano la domanda: che cosa fare dopo la nuova Cinquecento? Alcuni dirigenti di corso Marconi proponevano di lasciar passare una decina d'anni e poi lanciare una nuova nuova Cinquecento, poi una nuova nuova nuova Cinquecento e così via fino al 2250 circa, quando la caduta di un gigantesco meteorite e la distruzione del pianeta Terra dovrebbero mettere fine allo straziante obbligo di progettare automobili. È stato Lapo a lanciare l'idea di uscire dagli schemi con una proposta sorprendente: dopo la nuova Cinquecento, perché non progettare la nuova Seicento, e subito dopo la nuova Settecento?

Nuova minigonna

È identica alla precedente, ma si indossa allacciandola sulla fronte e lasciando scoperti glutei e genitali.

Nuovi Savoia

Si tratta di Vittorio Filiberto e Amedeo Emanuele. Sono stati clonati da un ramo minore, gli Aosta-Tangenziale, e sono stati necessari solo pochissimi ritocchi per renderli identici ai Savoia storici: inciampano uscendo di casa, parlano l'italiano come Alberto Tomba e riescono ad allacciare le scarpe solo togliendosele e mettendole sul tavolo.

Nuovi Bartali e Coppi

Il romantico dualismo tra il campione democristiano e il degenerato Coppi, bigamo e di sinistra, potrà rivivere grazie al lancio dei nuovi Bartali e Coppi. Si tratta rispettivamente di un ciellino in carriera, capace di dare la scalata allo Stelvio e ad Antonveneta nel corso della stessa tappa, e di un sosia di Fassino, intercettato dalla giuria mentre telefona all'ammiraglia per chiedere come mai sta pedalando da solo sulla Sila mentre tutti gli altri concorrenti sono sul lungomare di Viareggio.

Nuovo mangiadischi

Chi non rimpiange quella valigetta di dodici chili per ascoltare musica in spiaggia, che dopo aver emesso poche note si riempiva di sabbia e cominciava a gracchiare, fino a prendere fuoco verso mezzogiorno? In omaggio a quell'oggetto di culto, ecco il nuovo mangiadischi: si tratta di un iPod costosissimo, da portare a tracolla nonostante le dimensioni enormi, in grado di memorizzare solo due canzoni dei Dik Dik o di Jimmy Fontana prima di esplodere. Già centinaia di migliaia i pezzi prenotati. L'ordinazione più cospicua è stata fatta dal terrorismo sunnita iracheno.

Nuova Sophia Loren

Per rilanciare il cinema italiano è in progetto uno stock di nuove maggiorate. Insieme a una nuova Sophia Loren, che girerà una nuova *Ciociara* (storia di una concorrente del *Grande Fratello* che violenta un intero battaglione di soldati americani), sono allo studio una nuova Silvana Mangano, protagonista di *Sushi amaro*, e una nuova Lollo, che in *Coca, amore e fantasia* è l'interprete principale di una simpatica saga sulla provincia italiana.

Nuovo Maciste

Torna l'eroe indiscusso del cinema mitologico all'italiana. Grazie agli anabolizzanti, è largo sei metri e durante i provini per le strade di Roma ha abbattuto a mani nude la nuova Ara Pacis, diventando un idolo popolare. Lancerà macigni dal cavalcavia.

Nuovo papa

È l'operazione più difficile. Questo papa si sforza di tornare al passato, ma ha esagerato retrodatando l'effetto nostalgia al Seicento e alla Controriforma. Una squadra di costumisti sta cercando di convincerlo a rinunciare almeno alle babbucce di Cesare Borgia, con stiletto incorporato, e di sostituire i cappellini della linea Torquemada con quelli di Elton John, che sono quasi identici ma almeno non attirano i pipistrelli. Il fallimento del restyling è tuttavia quasi certo: il papa, durante le prove del "discorso della Luna" che rese così amato papa Giovanni, ha fatto piangere i bambini presenti.

Contro l'Antipolitica

Come recuperare la popolarità perduta? Molti politici italiani si stanno dando da fare per risalire almeno di qualche punto la scala del gradimento. Ma è un percorso irto di ostacoli, e spesso molto costoso. Vediamo quali sono i metodi più seguiti.

Esperti di immagine

Insieme ai posteggiatori abusivi e alle danzatrici del ventre, gli esperti di immagine sono l'unica categoria di lavoratori ancora sprovvista di un albo professionale. (Non a caso, molti di loro sono ex posteggiatori abusivi o ex danzatrici del ventre.) Nonostante questo, molti leader politici spendono quasi tutto il loro stipendio per farsi spiegare da un esperto di immagine se sia meglio presentarsi in tivù ben pettinati oppure con una merda di mucca sulla testa. Il ricorso agli esperti di immagine è ormai così prezioso e consolidato che l'onorevole Casini, la settimana scorsa, ha rischiato di partecipare a *Ballarò* con una merda di mucca sulla testa perché aveva dimenticato di consultare il suo esperto di immagine. Una leggerezza che poteva costargli molto cara. Ogni esperto di immagine ha i suoi segreti, che custodisce gelosamente anche perché valgono molte migliaia di euro. C'è chi suggerisce di vestirsi normalmente e di evitare i travestimenti da Davy Crockett, chi raccomanda di non presentarsi mai con le armi in pugno ai dibattiti televisivi, infine chi ha scoperto quanto sia importante rivolgersi al pubblico quando si è in onda e non in ascensore mentre si sta raggiungendo lo studio.

Riforme istituzionali

Basta con le Bicamerali rissose, con i tira-e-molla inconcludenti. Il paese chiede cambiamenti visibili, novità percepibili. Un'agenzia di comunicazione ha messo in vendita (a un prezzo esorbitante) un pacchetto di proposte di riforma istituzionale che sta andando a ruba tra i leader di partito a corto di idee. Secondo indiscrezioni, tra le proposte più suggestive ci sono: un governo delle Amazzoni, il ritorno dei Borbone, dichiarare guerra alla Svizzera, assumere au pair la classe politica della Norvegia, vendere l'Italia a Bill Gates, eleggere un papa tedesco (proposta estrema, destinata a turbare molto l'opinione pubblica), l'ibernazione del paese fino al XXX secolo, lo scioglimento delle camere con l'acido (lodo Provenzano), addirittura il ritorno di Berlusconi al governo con incoronazione in Duomo.

I Febbrili

Un gruppetto di parlamentari di entrambi gli schieramenti, autodenominatisi "i Febbrili", si sono imposti di dare un segnale al paese varando entro un paio d'anni almeno la riforma della pesca con la fiocina, paralizzata in parlamento da veti incrociati. I Febbrili promettono di non fermarsi lì: rientra nei loro programmi anche la nuova legge quadro sul formato dei biglietti del cinema. Rifondazione comunista ha comunque fatto sapere di non essere disposta, sul formato dei biglietti del cinema, ad accettare pasticci e compromessi che non sarebbero capiti dai lavoratori.

Auto blu

Ogni passaggio di un'auto blu per le vie cittadine è ormai accompagnato da pernacchie e gesti dell'ombrello. Per ovviare agli abusi, è allo studio una proposta Mastella che prevede di ridipingere di bianco tutte le auto blu, in modo che non si notino. Al posto della sirena sul tetto, le auto di scorta avranno un pupazzo rotante di Paperino o di Homer Simpson, per avvicinare l'immagine dello stato alla vita della gente comune. Quanto all'uso dei voli di stato e alle conseguenti polemiche giornalistiche, per dare un forte segno di discontinuità, e dunque di risparmio, gli aerei rimarranno a disposizione ma senza equipaggio, e dovranno essere pilotati personalmente dai ministri. Ogni decollo sarà preceduto da sirene di allarme per invitare la popolazione a chiudersi in casa.

Case

Le case a prezzi di favore sono uno degli elementi che maggiormente indispongono l'opinione pubblica. Per questo un gruppo di parlamentari di entrambi gli schieramenti, autodenominatisi "i Tre porcellini", sta costruendo a mani nude tre tipologie di casette, in paglia, legno e mattoni. In attesa del Lupo. Quella di mattoni è già stata assegnata a Clemente Mastella.

2008

L'anno di quando, come se non bastassero gli altri,
nacque lo stato del Kosovo,
di quando a Milano aprì i battenti
il centesimo ristorante giapponese
e l'Ordine professionale dei tutor superò in fama
e numero di addetti il settore metalmeccanico,
di quando diventò impossibile comperare
un paio di scarpe da passeggio
senza ricorrere a un consulente,
di quando fra i tanti revival ci fu anche quello dell'elettrochoc,
perché le radici del passato riemergono sempre.
Di quando Harry Potter continuò a esercitare
il suo dominio sul mondo
e il gruppo del Mulino invece perse per sempre
il governo dell'Italia;
e di quando tra gli uomini di buona volontà
si decise di concentrare le residue speranze
sulla fine dei pantaloni a vita bassa e delle scarpe a punta.

Kosovo libero

L'indipendenza del Kosovo, grande come il Molise ma importante come l'Abruzzo, rimette al centro dell'attenzione mondiale la questione delle "piccole patrie", che già animò negli anni novanta tante vicende appassionanti come le stragi etniche nella ex Iugoslavia, e causò il suicidio di quasi tutti gli editori di atlanti geografici, disperati perché dovevano ridisegnare ogni settimana i confini e buttare via milioni di copie di atlanti e cartine inutilizzabili.

Anche sul riaccatastamento del Kosovo, appena depositato, l'ordine dei geometri ha espresso seri dubbi: alcuni dei mappali della capitale Pristina risultano di proprietà di un'azienda agricola turca, altri sono gravati, da secoli, da un diritto di passaggio della cavalleria bizantina, e dunque si prevedono a breve nuovi e sanguinosi contenziosi. Possibile la divisione del Kosovo in quattro settori, che a rotazione saranno assegnati al controllo di Serbia, Macedonia, Albania e Gran Bretagna, che a rigor di logica non c'entrerebbe niente, ma è tanto per divertirsi.

Vediamo le altre zone calde del pianeta.

Pampistan

Fino a ieri l'altro, nessuno sospettava l'esistenza del Pampistan, una piccola enclave dell'Argentina abitata da immigrati russi, che avevano completamente dimenticato le loro origini ma oggi rivendicano con orgoglio le antiche radici nazionali dopo la scoperta, nel vecchio baule di un contadino locale, di un paio di colbacchi. Nonostante la totale mancanza di neve, i pampistani hanno ripreso a solcare le praterie argentine con le loro caratteristiche troike, i cui pattini di legno prendono fuoco per l'attrito dopo poche centinaia di metri, sfregando contro il fondo sassoso. L'Europa ha subito riconosciuto l'indipendenza del Pampistan, proclamata da un deejay locale per riempire i vuoti fra una canzone e l'altra.

Corea di Mezzo

Tra la Corea del Sud e la Corea del Nord esiste un paese dalla forma caratteristica, lungo trecento chilometri e largo venti metri. È la Corea di Mezzo, fieramente ostile tanto al comunismo quanto al liberismo. Ha due soli abitanti stabili, un contadino e sua moglie, rimasti intrappolati tra le due frontiere dopo la guerra. Vivono procurando liquori e carte da gioco alle guardie di frontiera del Nord e del Sud, intrattenendo rapporti cordiali, a giorni alterni, con entrambi gli schieramenti. Hanno proclamato l'indipendenza nazionale mercoledì scorso. La Corea di Mezzo, per adesso, è stata riconosciuta solo da Savino Pezzotta.

Emirati Irlandesi

Nel mezzo di Belfast, lacerata da secoli da un cruento conflitto tra protestanti e cattolici, un gruppo di immigrati musulmani, che occupa un paio di isolati, ha pensato che fosse il caso di aggrovigliare ulteriormente la faccenda proclamando la nascita di un nuovo stato, gli Emirati Irlandesi. L'emiro è un ricchissimo gestore di kebab con otto mogli, e fa parte dell'ala moderata di Al Qaeda, quella che puntava alla distruzione di una sola delle due Torri. I nuovi Emirati sono stati subito riconosciuti dall'Unione europea, che ritiene il nuovo stato una presenza tranquillizzante rispetto agli estremisti protestanti e cattolici.

Atlantide
Sconcerto all'Onu quando una delegazione di tritoni, nel caratteristico costume di squame e alghe, ha presentato all'apposito sportello una richiesta di riconoscimento per la Confederazione di Atlantide. La moneta è l'osso di seppia, la capitale è la favolosa Apnea, in fondo alla Fossa delle Marianne, ma per motivi logistici la sede diplomatica si stabilirà ai Bagni Arturo di Igea Marina. La religione è monoteista, fondata sull'irascibile dio Nettuno, che affronta il dialogo interreligioso a colpi di fiocina. La potentissima lobby dei bambini si è schierata a favore del riconoscimento di Atlantide. Impennata in Borsa dei produttori di giocattoli e dell'industria del Kitsch: triplicati i prezzi dei souvenir con conchiglie.
Vaticano
Se vi dicessero che, nel mezzo di Roma, esiste uno stato indipendente racchiuso fra una tintoria di Borgo Pio e una fermata d'autobus della via Gregoriana, pensereste a uno scherzo. Invece è vero. Si tratta, per giunta, di una monarchia assoluta il cui reggente, che si fa chiamare "papa", sostiene di essere nominato dallo Spirito Santo e ha lo stesso sarto di Paolo Poli.

Le scarpe da trekking

In un negozio di articoli sportivi ho chiesto, ingenuamente, un paio di pedule da montagna. Sono stato deriso dal commesso, che mi ha chiesto da quale secolo provenissi e mi ha spiegato che dovevo scegliere tra scarpe adatte al walking oppure al running, al trekking, al climbing, allo sky running, all'orienteering, alla course in nature, per attenersi solo alle principali specializzazioni del passeggiare. Avevo due scelte: chiedere al commesso come si dice in inglese "mandare a cagare il commesso", oppure umiliarlo con un metodo più subdolo. Ho scelto questa seconda via, spiegandogli che non era aggiornato sulle nuove discipline. Gliele ho illustrate io.

Back walking

Consiste nel percorrere i sentieri di montagna camminando all'indietro. Le scarpe da back walking hanno i lacci sul calcagno e uno specchietto retrovisore montato su entrambe le punte. Gli appassionati, entusiasti, sostengono che in salita si ha l'impressione di scendere, e in discesa di cadere nel vano dell'ascensore. Il back running è una variante più veloce del back walking, consigliata a chi soffre di calcoli renali: i dolori muscolari, dopo poche centinaia di metri, sono infatti talmente atroci da far passare in secondo piano anche una colica renale.

Snaking

Si percorrono tratti di almeno venti chilometri strisciando carponi. Le scarpe da snaking sono molto particolari, e costosissime: prive di tomaia, consistono in due enormi suole saponate lunghe un metro e mezzo che si fissano al petto e alle ginocchia. Consigliata anche la tutina in pelle di pitone, che viene fornita insieme a un topo vivo per l'alimentazione in quota.

Stopping

Le calzature da stopping sono indispensabili per chi decide di fare una sosta durante un'escursione, o di non partire affatto e rimanere nella hall dell'albergo a guardare la Formula Uno in tivù. Somigliano a un normale paio di pantofole, ma è il design, di altissima tecnologia, che fa la differenza: quelle Adidas sono a forma di faccia di mucca, quelle Puma a piede di papero.

Standing

Come lo stopping, ma rimanendo in piedi.

Helicoptering

Ci si fa issare da un elicottero su una cima alpina. Dopo un'oretta ci si fa venire a riprendere. Le scarpe più adatte sono normali mocassini.

One shoe trekking

Nata per contenere le spese, è diventata in breve la specialità prediletta da chi ama coordinare armoniosamente i movimenti. Si usa una sola scarpa da trekking, sfilandola da un piede e indossandola sull'altro a ogni passo, ma senza mai fermarsi. È vietato appoggiare il piede nudo a terra. La filosofia dello one shoe trekker è in totale opposizione a quella performante e agonistica: si percorrono al massimo cinquanta metri al giorno.

Sleeping

La calzatura da sleeping è la più costosa. Costruita in materiale molto elastico, quando è il momento di pernottare può essere gonfiata fino alle dimensioni di un gommone e ospitare comodamente due persone per il bivacco. Viene fornita con una bombola deodorante.

Sex walking

Consiste nel camminare fermandosi a trombare ogni cinquecento metri. Esiste una versione estrema: si tromba senza smettere di camminare. Le coppie omosessuali sono facilitate, anche se devono coordinare molto bene il movimento delle gambe. Le coppie etero di solito prediligono la posizione della carriola. Le scarpe più adatte: per lui scarponi chiodati, per lei bastano un paio di ballerine.

Avalanching

Disciplina molto spettacolare, derivata dal surfing, consiste nella discesa a valle mantenendosi in equilibrio sopra valanghe e slavine, bilanciandosi con le braccia e ascoltando in cuffia musica house. Le scarpe sono simili alle pinne da mare, ma di colore molto vivace per facilitare il recupero della salma.

Right leg forward and then left leg forwarding

Equivale al nostro "camminare".

Ristoranti etnici

La moda dei ristoranti etnici e della cucina fusion sta dilagando in tutta Italia, ma specialmente a Milano, città da sempre entusiasta di sperimentare. I ristoranti giapponesi sotto la Madunina sono ormai più numerosi delle pizzerie, i takeaway di sushi fanno affari d'oro e l'uso maldestro delle bacchette è diventata la prima causa di incidente domestico. Ma vediamo quali sono i locali che fanno tendenza.

Amaghi Sinto Kale Misturi Club

È il più raffinato e costoso tra i ristoranti giapponesi di Milano. Se ne dicono mirabilie, ma è ancora in attesa dei primi clienti a causa della grande difficoltà di ricordarsi il nome per la prenotazione.

Kikkule

Il primo ristorante di cucina esquimese è stato aperto sui Navigli da Yurk e Bark, una giovane coppia di cacciatori di foche della Terra di Bering. Lui ai tavoli, lei in cucina, anche se è impossibile distinguerli. Ci si va soprattutto per assaggiare il merluzzo alla fiocina, ma vanno forte anche il carpaccio di tricheco, l'insalata di licheni con peli di tricheco e il rarissimo stinco di tricheco. Tutti i cibi sono marinati a lungo in aceto di mele, e anche i clienti prima di uscire devono essere sottoposti allo stesso trattamento per levare il fortissimo odore di tricheco. Belli gli arredi hi-tech dell'architetto milanese Edo Minutelli: grossi ganci da pescheria che scendono dal soffitto, ai quali vengono appesi gli sgabelli per i clienti. Si mangia tutti insieme, secondo l'uso esquimese, appoggiati direttamente a un bancone di legno mentre in diffusione si possono ascoltare le nenie della Terra di Bering.

Bongo Café

Un locale di cucina congolese in pieno centro di Milano, a due passi dalla City. Un'idea del genere poteva venire solo a Kiko Figurelli, l'architetto milanese che sognava da sempre un tocco congolese nel cuore della sua città. Ed ecco il Bongo Café, con personale esclusivamente africano, tranne i suonatori di tamtam che sono ex orchestrali della Rai disoccupati. Originalissimo l'happy hour a base di tartine di antilope, che viene macellata sul posto tra le suggestive urla rituali del personale. Buono il salame di pitone, interminabile al taglio.

Agli antipodi

Nato dall'appassionata fantasia del designer milanese Miro Fumagalli, questo ristorante neozelandese è un'esperienza irrinunciabile per gli appassionati del mare, che si ritroveranno in un ambiente tipico, tra reti da pesca, arpioni, aragoste di plastica e lampare. A prima vista sembrerebbe di essere in un qualunque ristorante ligure di qualche pretesa e di bassa qualità, ma è solo un'impressione. "La Nuova Zelanda," spiega ai clienti il patron Geno Fumagalli, fratello di Miro, "è identica a Spotorno, anche nei sapori e nelle atmosfere." Imperdibili le trenette al pesto.

Mish-mash

Il Mish-mash è il vero e proprio tempio della cucina fusion. Il massimo dell'audacia "global" e della sperimentazione senza frontiere. Il proprietario è un franco-vietnamita, il cuoco è egiziano, l'aiutocuoco canadese, le ricette turche, la carne è argentina, i camerieri sono ominidi della Galassia di Oberon, la cassiera è una ex battona del porto di Amburgo scelta perché è la sola che riesce a mantenere la disciplina. Al Mish-mash non sai mai cosa puoi mangiare, il menu cambia ogni sera a seconda di quale delle etnie presenti è riuscita a sopraffare le altre e a impossessarsi dei fornelli. Interessanti gli arredi dell'architetto milanese Dado Canobini: panchine in plexiglas fluorescenti che occupano l'intero locale, compresi i bagni. Meglio portarsi da casa un tavolino pieghevole, se si vuole appoggiare il piatto.

Sushi "al binario"

Da un'intuizione geniale dell'architetto milanese Gugo Misuretti, è il primo takeaway che porta rotolini di sushi in tutta la città su un sistema di nastri trasportatori molto ramificato. Unico inconveniente, l'assalto dei topi durante il percorso sotterraneo del sushi, e quello dei piccioni durante il tragitto all'aria aperta. Nella Milano più spigliata e dinamica, quella della moda e della pubblicità, è molto glamour riuscire a individuare un pezzo di sushi intatto lungo i nastri trasportatori che percorrono ogni quartiere, e inghiottirlo in un boccone pagandolo trenta euro a pezzo.

Il tutor

Il successo del Cepu e degli altri istituti privati che, a pagamento, aiutano gli studenti universitari a laurearsi, sta aprendo nuove frontiere all'economia italiana. Il professor Giuseppe De Rita, in margine a uno studio del Censis sul fenomeno, così commenta: "Fino a pochi anni fa, chi non sapeva fare un cazzo, non sapeva fare un cazzo. Oggi, grazie alla figura del tutor, un sacco di gente che non sa fare un cazzo, scucendo qualche bigliettone, può convincersi di essere in gamba. Investire sull'inettitudine è il business del futuro: i ceti inetti solventi sono un mercato inesauribile".

Sulla falsariga del Cepu, stanno sorgendo altri istituti. Vediamone alcuni.

CIPS, Centro Italiano Preparazione Sessuale

Quanti di noi, di fronte all'atto sessuale, si sentono impreparati o incerti? Il CIPS, mettendo a disposizione i suoi esperti, può risolvere il problema. Il personal trainer si preoccupa, in primo luogo, di capire e rimuovere gli impedimenti più comuni. Per esempio spoglia l'assistito nel caso, piuttosto diffuso, che l'assistito non abbia capito che è necessario farlo. Sistema il corpo del partner in posizione opportuna, vi giustappone il corpo dell'assistito e quindi batte ritmicamente le mani indicando la cadenza giusta. Con soli cinquanta euro mensili di supplemento, il tutor può sostituire l'assistito nei preliminari.

CEAM, Centro Europeo per l'Assistenza del Metabolismo

Mangiare, andare di corpo, dormire la notte. Quanti di noi non sono in grado di provvedere da soli a queste importanti funzioni? Il CEAM mette a disposizione di ciascun cliente un tutor specializzato, che lo segue come un'ombra. Lo sveglia, gli lava i denti, lo pettina, lo mette a sedere sul water mimando, davanti a lui, lo sforzo dello sfintere per aiutarlo a evacuare correttamente. Poi gli allaccia il bavagliolo e lo imbocca, e così via fino alle ore finali della giornata, quando lo aiuta a indossare il pigiama e gli dà il bacio della buonanotte. Fiaba e rimbocco delle coperte con un piccolo extra.

IESO, Istituto Europeo per il Superamento degli Ostacoli

Ogni giorno, lungo il nostro cammino, quanti ostacoli, quante difficoltà! Lo IESO, che sta incontrando un notevole successo soprattutto nei paesi con molti scalini, ci aiuta, per una cifra alla portata di tutti, a camminare senza inciampare. Il tutor, in genere un laureato in fisiologia motoria con esperienza di magazziniere nei negozi di scarpe, ci accompagna passo dopo passo, invitandoci a slanciare in avanti un piede dopo l'altro, prima il sinistro e dopo il destro o viceversa, mai tutti e due insieme. "Le raccomandazioni più comuni," dice Sabrina, ventisei anni, entusiasta tutor dello IESO, "sono cose tipo: 'Guarda bene dove metti i piedi, idiota'. È incredibile come ti siano tutti riconoscenti. La gente ha bisogno di aiuto, e a me piace aiutare la gente."

CEPA, Centro Europeo di Preparazione per l'Asilo

Ritagliare la carta colorata, pitturare ovetti di Pasqua, lanciarsi senza paura lungo uno scivolo di plastica: sono le prime, severe prove della vita. Quanti di noi le hanno affrontate senza la necessaria preparazione specialistica? Il CEPA offre ai piccoli clienti un'assistenza di prima qualità. I suoi tutor sono in genere dei trenta-quarantenni con gravi disturbi della personalità, reclutati ai giardinetti e avviati alla professione solo dopo averne controllato la fedina penale. Tra i servizi accessori più richiesti, l'aiuto nella preparazione dei centrini per la Festa della Mamma fatti con i maccheroni. Maccheroni a carico del cliente.

I grandi revival

Il ritorno dell'elettrochoc in psichiatria (di nuovo in auge assieme alle barzellette sui matti che si credono Napoleone) è solo uno dei tanti revival di questo periodo storico di festosa restaurazione. Le cosiddette "conquiste civili" degli ultimi quarant'anni, tutte diavolerie di un'epoca debosciata, crollano una dopo l'altra per lasciare il posto alle buone vecchie tradizioni di una volta. Vediamo le principali.

Il cavadenti

Le assurde, costosissime lungaggini dell'odontoiatria degli ultimi anni saranno presto soppiantate dall'allegro ma spiccio talento del cavadenti. Come nelle stampe comiche ottocentesche, il cavadenti, armato di grosse tenaglie, estirperà il dente malato in un attimo, sedando le urla del paziente con un ceffone ben assestato e tamponando la violenta emorragia con pezzuole intinte nel vino rosso, mentre le donne del caseggiato battono i tappeti sul ballatoio cantando una canzone di Nilla Pizzi.

Acqua e sapone

L'abuso di belletti, creme e cremine, frutto della deriva estetizzante imposta dalle lobby gay, sta arretrando vistosamente. Torna il vigoroso lavaggio con acqua fredda e sapone di Marsiglia (nel classico taglio da quattro chili) che permette di uscire di casa con quell'allegro colorito paonazzo che contraddistingue la sana gioventù. Le mani arrossate e callose, come quelle dei nonni contadini, conferiranno alla stretta di mano una naturalezza ormai dimenticata. Per tagliarsi le unghie, la raspa da falegname o la roncola stanno soppiantando le leziose forbicine. Simpatica l'usanza di appendersi alla cintura la roncola anche per andare al lavoro, meglio se vestiti come Orazio e Clarabella.

Tram a cavalli

Anche sulla spinta del referendum di Firenze, i trasporti pubblici sembrano orientarsi sul tram a cavalli, ecologicissimo e molto gradito dagli animalisti nella versione più favorevole agli equini, che salgono a bordo mentre i passeggeri tirano il tram gridando “oh issa”. Lo sterco di cavallo, disponibile in enormi quantità lungo il percorso della tramvia, è insostituibile come concime per i gerani, a patto di possedere duecento vasi di gerani per famiglia, altrimenti lo sterco rimane inutilizzato sui balconi e in cucina in grandi mucchi fumiganti. Unico dubbio: durante un test nel centro di Firenze, le vibrazioni prodotte dalle scoregge dei cavalli si sono dimostrate pari a quelle emesse da un jumbo jet in fase di decollo e hanno danneggiato quasi la metà delle tele esposte agli Uffizi.

Corredo di nozze

Nel solco del ritorno della famiglia tradizionale, ecco rifiorire la tradizione del corredo di nozze, possibilmente formato dai pezzi unici che i più fortunati hanno custodito nei bauli dei nonni. Chi non ha mai sognato, il giorno del matrimonio, di tornare a casa e trovarla stipata di coprimaterassi, mollettoni da stiro, centrini da tavola, busti, reggipetti steccati, camicioni da notte, pigiami di flanella, tovaglie ovali con le frange? L'imminente abolizione del divorzio renderà ancora più unica l'occasione di accogliere per tutta la vita, insieme al proprio coniuge, anche i quintali di cianfrusaglie ridicole, e spesso lacere e tarlate, che lo legano alla storia della propria famiglia.

Carica della polizia

Da troppi anni i tafferugli di piazza, negli stadi o altrove, si svolgono secondo modalità casuali e confuse. Rischia di smarrirsi per sempre quel sentimento coreografico dell'ordine pubblico che i nostri avi, più fortunati di noi, avevano ben presente. Si va verso una radicale riforma della repressione dei disordini. Al tradizionale carosello dei gipponi sarà nuovamente affiancata la carica di cavalleria, mentre le Frecce tricolori disperderanno i manifestanti percorrendo le strade a bassissima quota (la famosa quota Cermis, resa celeberrima dall'aviazione americana). Ovunque pennacchi, squilli di tromba, gualdrappe variopinte e lo scintillio dell'arma bianca, in un fastoso scenario di esplosioni e urla di dolore. In via di approvazione anche il protocollo Bava Beccaris, che prevede di sparare sulla folla solo se si muove.

Doping al Giro

È partito il Giro d'Italia, con un giorno d'anticipo perché era impossibile riuscire a tenere fermi i ciclisti sovreccitati. Parecchi, con le narici fumanti, sono scattati direttamente dalla loro stanza d'albergo, inutilmente inseguiti dal concierge che sventolava il conto. Alcuni, dopo il traguardo della prima tappa in Sardegna, hanno proseguito a nuoto raggiungendo il continente e hanno percorso a piedi in due giorni l'intero tracciato del Giro. È stato impossibile effettuare i controlli antidoping perché le provette esplodevano pochi istanti dopo essere state riempite.

Inevitabili le polemiche sui nuovi cocktail di farmaci che, malgrado la raffica di squalifiche, continuano a circolare liberamente. Un direttore sportivo è stato fermato dai Nas mentre cercava di introdurre in albergo, inosservato, un elefante africano per fare trasfusioni ai suoi ciclisti. Ma vediamo quali sono i nuovi metodi di dopaggio, sempre più raffinati.

Anabolizzanti

Quelli di vecchia generazione aumentavano la muscolatura in modo troppo evidente: corridori rachitici durante le gare primaverili, al Giro non riuscivano a disputare la volata perché occupavano per intero il vialone del traguardo, abbattendo con le spalle le transenne sui due lati. Gli anabolizzanti di nuova generazione, per ovviare all'inconveniente, agiscono sull'altezza e non più sulla larghezza. La squadra tedesca Kalofunken, lo scorso anno di altezza media, quest'anno è formata da ciclisti sui due metri e settanta, filiformi, con biciclette enormi, scarpe numero 50 e borracce ricavate da scaldabagni. Il direttore sportivo Udo Kraut ha chiesto agli organizzatori barriere paracolpi di gommapiuma all'ingresso delle numerose gallerie lungo il percorso.

Eteroemotrasfusione

È stata inventata per aggirare i divieti sull'autoemotrasfusione. Anziché iniettarsi il proprio sangue, si usa quello del ciclista della stanza accanto, prelevandolo nel sonno. Popescu, un gregario transilvano che in vent'anni di carriera aveva vinto solo una gara – però di motociclismo –, lo ha adottato per primo nel periodo in cui era vicino di stanza di Lance Armstrong. Ha continuato a non vincere, ma ha imparato perfettamente l'inglese in una sola notte. La diffusione di questa pratica è testimoniata dall'impressionante colpo d'occhio alla partenza: alcuni ciclisti pallidissimi cadono svenuti dopo poche pedalate, mentre altri colleghi, paonazzi, riescono a salire a stento sulla bicicletta perché il loro peso corporeo è raddoppiato in una notte. La squadra spagnola Cisterna è composta solo da corridori eterotrasfusi.

Cocaina

L'assunzione diretta ha esiti controversi, e soprattutto può essere facilmente scoperta dalle analisi. Per questo alcuni medici hanno escogitato un sistema geniale: legano un sacchetto con un chilo di coca dietro il sellino, attirando i cani antidroga entro un raggio di cento chilometri. Inseguito da una muta di cani, il ciclista aumenta di molto l'andatura.

Uranio arricchito

Molto costoso ma molto efficace, consiste in un blister di dodici supposte di uranio arricchito. Con una sola supposta il ciclista diventa fosforescente e raggiunge i duecento chilometri all'ora in poche pedalate. Importante dotare la bicicletta di un sistema di refrigerazione perché l'attrito può fondere il telaio in pochi secondi.

Ipnosi

Consiste nel convincere il ciclista, sotto ipnosi, che le salite non esistono, sono solo discese osservate da un altro punto di vista. E dunque possono essere affrontate con un rapporto lunghissimo, a velocità sostenuta. Con questo sistema, lo scalatore spagnolo Chisco ha scalato lo Stelvio alla media di 65 chilometri all'ora. Purtroppo, per il fenomeno detto "inversione psichica", ha poi percorso la discesa molto lentamente, sbuffando e piantandosi sui pedali, ed è stato raggiunto dal gruppo.

Monocilindrico

È un sistema polemicamente adottato dai medici sportivi di molte squadre per tutelare la salute dei corridori. Anziché intossicare i ciclisti con intrugli assurdi, si monta sulle biciclette un motore monocilindrico.

La caduta del Mulino

Tra intellettuali e popolo l'incomprensione è millenaria. Gli annalisti romani raccontano che quando Cicerone rivolgeva accorate prolusioni alla plebe durante i fescennini, invitandola a dedicarsi alla riflessione morale piuttosto che alle gozzoviglie, gli ultras gli ficcavano in bocca manciate di cicerchie e lupini per farlo star zitto. Ma con il governo Prodi, non a caso defunto, il baratro ha raggiunto limiti di guardia. Secondo uno studio della facoltà di Scienze della comunicazione, il linguaggio di Prodi incontra soprattutto problemi fonetici: quando il premier parla in un microfono, il pubblico tivù ode un insieme inintelligibile di sibili, schiocchi e infrasuoni, e sostituisce il televisore credendolo difettoso, oppure si reca dall'otorino, pagando il ticket. Ulteriori aggravi della spesa delle famiglie che non contribuiscono a rendere popolare questo governo. Secondo alcuni esperti, tuttavia, se le parole del premier fossero udibili, la situazione potrebbe aggravarsi. Il problema starebbe infatti nel livello eccessivamente elevato e raffinato della politica governativa, in specie quella economica. Sotto accusa, a questo proposito, lo staff di professori del Mulino che affianca Romano Prodi. Ecco i casi più controversi.

Augusto Maribò

Chi non conosce, a Bologna, il professor Maribò, uno dei fondatori del Mulino? La sua figura austera è una presenza fissa sotto i portici del centro, quando nelle sere nebbiose appare all'improvviso ai cittadini, levando al cielo le dita ossute, e li aggiorna sui suoi studi economici. L'uso della lingua inglese, accompagnato da enormi grafici logaritmici che il professore dispiega con l'aiuto dei passanti, non facilita la comprensione reciproca.

Ezio Eziandio

Intellettuale cattolico, tra i fondatori del Mulino, ha un tavolo fisso al ristorante Diana, di fianco al carrello dei bolliti. Ha elaborato, per la Fao, uno studio sulla fame nel mondo considerato coraggioso ma inapplicabile. Prevede un tavolo al Diana, a rotazione, per tutta la popolazione mondiale.

Carlo Zanardi Zanetti

Tra i fondatori del Mulino, allievo di Dossetti, si è prodigato per conciliare l'economia liberista con l'uguaglianza sociale, concludendo che è impossibile. Da allora si è ritirato in un monastero (gestito da un fondatore del Mulino, don Mirko Felicori), cercando di conciliare gli esercizi spirituali con la sua dipendenza dalle tagliatelle, concludendo che è improbabile. Famoso il suo saggio *Per un mercato virtuoso*, composto dalla sola prefazione nella quale si conclude che il tema è improponibile.

Attilio Stramazzoni

Avrebbe potuto esistere il Mulino senza la presenza autorevole e molto rimpianta del chiarissimo professor Stramazzoni, recentemente scomparso dopo aver dato alle stampe il suo testamento spirituale, *Dio ci ha insegnato a risparmiare*? Nella vecchia sede di vicolo Budelloni si ricordano ancora le lunghe nottate nelle quali Stramazzoni cercava di convincere gli altri fondatori del Mulino che l'inflazione è solo un effetto psicologico, e che comunque non poteva pagare il ristorante. Durante i lunghi pellegrinaggi a San Luca invitava gli allievi (molti dei quali diventarono successivamente fondatori del Mulino) a risparmiare il fiato, affacciandosi dal finestrino della sua automobile. La sua tomba alla Certosa è sempre coperta di fiori freschi, che la vedova provvede a rivendere applicando il famoso Modello Stramazzoni sull'utilitarismo economico.

Giovanni Sbifagno

Di formazione marxista, da sempre considerato l'ala sinistra del Mulino, ritiene imborghesiti i colleghi da quando l'istituto si è trasferito, senza informarlo, nella nuova, lussuosa sede di piazzetta del Ragù. Si reca ogni giorno nella vecchia sede ormai deserta di vicolo Budelloni chiedendo notizie dei colleghi. Insieme all'anziana custode, sta lavorando a un piano di rifondazione del Mulino.

Silvio Maccarenti Mozzi Pivaglio Corioni Stupazzi

Professore del Mulino. È l'estensore materiale della legge finanziaria, ma la definisce "un lavoro collettivo".

Harry Potter

Secondo indiscrezioni, l'ottavo volume della saga di Harry Potter si intitolerà *Harry Potter ha stracciato le palle*. Ma sarà solo una fase interlocutoria, voluta dalla scrittrice J.K. Rowling per poi riprendere con nuova lena le magiche avventure del giovane Harry e dei suoi inseparabili amici Pinko, Euphemia e Baltazar, oppure Karl, Ginepra e William, o forse Taddeo, Clarissa e Gigi, in questo momento non ricordo bene. Comunque, ecco gli snodi decisivi dei prossimi volumi, che in tutto dovrebbero essere trentasei.

Harry Potter e la spada incandescente

Harry è ormai un giovane adulto, e nel castello di Blutinor frequenta la facoltà di Scienze occulte preparando la sua tesi *Come piegare i cucchiai premendoli fortissimo contro il tavolo*. Ma il malvagio professor Gnaffer, docente di palline volanti, lo odia perché intuisce che le capacità del ragazzo sono eccezionali, e teme che Harry e i suoi amici scoprano che nel suo armadietto egli nasconde il Mantello di Trazminagore, appartenuto al re di Milpanwore per condurre il popolo dei Goreganz alla conquista della città segreta di Wissoreland. A questo punto ai lettori viene mal di testa, ma la Rowling, implacabile, introduce anche tre nuovi personaggi: lo stregone Uz, il gran sacerdote Pakimpoh e la rana gigante Xenilla. Nel frattempo Harry, che nel precedente episodio aveva dato il primo bacio, ha la sua prima copula con l'inseparabile Ginepra, o forse Euphemia.

Harry Potter e la spada arrugginita

Che succede nelle cantine di Blutinor, dove l'ambiguo oste Macillus custodisce la Bottiglia Invisibile? Non ce ne importa un fico secco, ma Harry, che nel frattempo è diventato supplente di Estrazione di conigli dal cilindro, intende assolutamente scoprire che cosa si cela nella Bottiglia. Che sia appartenuta a Blork, l'orco mellifluo? O forse era stata portata in dote da Gustava, regina delle Fate, a Oswaldo, re degli Snorrer? E come mai, pur essendo invisibile, è piena di candeggina? Nel frattempo Harry, dopo il primo bacio e la prima copula, ha anche il primo rapporto omosessuale con il gigantesco centauro Gozillo, che lo penetra con il mitico Fallo di Stakkon, lungo sei metri e con un menhir rotante sulla punta.

Harry Potter e la spada di peluche

Harry ha ormai trent'anni, ed è docente incaricato di Rospi a molla. Tutti gli chiedono perché mai non fa un lavoro normale, tipo impiegato di banca o geometra, ma lui spiega che non potrà lasciare Blutinor finché non avrà scoperto il segreto di Jolanda, il bidello transessuale che si nutre di carne umana davanti a tutti. Harry sospetta che sia cannibale, ma come dimostrarlo? Con l'aiuto di Clarissa, o Ginepra, o

Euphemia, nel frattempo diventata sua moglie, Harry si trasforma in tenia e penetra nell'intestino del bidello cannibale, sgominandolo. In questo episodio, dopo il primo bacio, la prima copula e il primo rapporto omosessuale, Harry è protagonista della sua prima orgia, con pipistrelli, baldracche alate, cavalli da tiro e pitoni addestrati.

Harry Potter e la spada in leasing

Sarà probabilmente l'episodio finale della saga. Harry, ormai diventato preside di Blutinor e padre di sei figli, due suoi e quattro nati dall'unione di Ginepra, o Clarissa, con creature misteriose (l'Idraulico, il Lattaio, il Gasista e un Pompiere), decide di affrontare nella sfida finale il malvagio Kunzellas. Il terribile duello, a base di incantesimi raffinatissimi e di calci nei genitali, si conclude con la morte di entrambi. Ma Harry resuscita grazie alla pozione di Skamphoralelly, portata da Uosper sul dorso del mulo magico Mivgaòl, venuto dalla Contea di Hymps su suggerimento di Vermaster, che era stato avvertito dai Busones grazie alla profezia di Kowox, figlio di Pallumen, re dei Bersopez, sceso dai monti Restonzi.

E adesso, vediamo se siete stati attenti. Ripetete tutto ad alta voce.

Una buona notizia

La splendida notizia, tanto inutilmente attesa per anni dagli uomini di buona volontà, si è diffusa quando nessuno più ci sperava: le scarpe con la punta acuminata e i pantaloni con la vita bassa stanno passando di moda. Come molte invenzioni di successo, anche le scarpe a punteruolo sono nate per puro caso: il lavorante mentecatto di uno scarpificio montò per errore un tacco a spillo sulla punta di una scarpa anziché sul tallone. Siffatta, la scarpa misurava settanta centimetri e pareva una trivella. Ma piacque molto a una stilista rumena che ne indossò un paio al *Maurizio Costanzo Show*. Non passò inosservata, anche perché accavallando le gambe ferì alla tempia un cameraman.

Il look da baldracca sadica ebbe un immediato e prevedibile successo tra le baldracche sadiche. Imprevedibile, invece, la diffusione delle scarpe a punteruolo tra studentesse, ragazze da marito, madri di famiglia e perfino pensionate, tra le quali hanno avuto rapida diffusione anche come arma da difesa contro gli scippatori. Psicanalisti e psicologi si sono scervellati a lungo per cercare di venire a capo del fenomeno. Scartata l'ipotesi dell'invidia del pene (non esistono peni a forma di trapano da dentista), si è optato per la Teoria della Decadenza, secondo la quale ogni civiltà in disfacimento genera capi d'abbigliamento orripilanti, grotteschi, disgustosi o ridicoli. Per alcuni studiosi si tratta di segnali autoimmuni, piccoli allarmi grazie ai quali una società malata manifesta a se stessa il proprio disagio. Secondo altri, la spiegazione sta nel fatto che la gente ha gusti di merda.

L'invasione mondiale delle scarpe a punta ha portato a una rivoluzione dell'accessoristica e dell'indotto. Le tradizionali scarpiere sono state sostituite da portaogive in dotazione all'artiglieria leggera, oppure da grossi portaspilli di polistirolo nei quali conficcare le scarpe ottenendo un simpatico effetto-istrice. Ogni kit per la pulizia delle scarpe si è arricchito di un temperamatite, di un tornio e di una confezione di cerotti. Grande rimbalzo economico anche tra pedicure e ortopedici, che si sono trovati a dover trattare piedi ridotti a poltiglie sanguinolente (il famoso "piede tartare"), o con le cinque dita saldate in un unico filamento calloso.

Il look suggerito dalle scarpe a punteruolo andava comunque perfezionato. È stata un'altra stilista rumena a mettere a frutto l'esperienza fatta quando lavorava come guardiana di gabinetti in un autogrill: osservando le clienti che uscivano dalla latrina con le braghe parzialmente calate, ha inventato i pantaloni a vita bassa. Completati da numerosi accessori per ombelico scoperto (tatuaggi, piercing, campanelli da bicicletta, diapositive da proiettare sul ventre nudo), i pantaloni a vita bassa hanno avuto l'effetto collaterale di aumentare moltissimo la socialità diffusa: negli uffici, negli ascensori e per la strada, milioni di persone hanno potuto fare conoscenza grazie alla frase: "Guardi, signorina, che le stanno cadendo i pantaloni".

Non è chiaro perché queste due icone del terzo millennio – scarpe acuminate e brache pendule – stiano per finire nel dimenticatoio. Il fatto che facciano schifo anche ai cani è una sicura concausa. Sta di fatto che milioni e milioni di capi d'abbigliamento dovranno essere riciclati, e l'impresa non sarà facile. Per le scarpe a punta si pensa a un uso immediato nel comparto dell'utensileria di precisione: cavaturaccioli, siringhe, macchine perforatrici. Alcuni esemplari saranno custoditi a Tubinga, nel Museo della Tortura. Più difficile il recupero dei pantaloni a vita bassa: dopo l'uso, assumono una caratteristica forma da bigoncio sformato. Cucendo il fondo delle gambe, possono essere usati per il trasporto delle sementi, ma prima devono essere sterilizzati. Uno stilista rumeno sta pensando di ritirare tutti gli stock invenduti, aggiungere in vita una fascia di tessuto alta un metro e rilanciarli sul mercato come pantaloni a vita alta, con la cintura sopra le tette. Il pubblico femminile non vede l'ora. L'umanità nel suo complesso procede spedita verso nuove frontiere.

Personaggi e interpreti in ordine del tutto casuale

Roberto Castelli
Silvio Berlusconi
Francesco Saverio Borrelli
Lino Jannuzzi
Poveri e Poveri
Charles Trénet
Claude Lévi-Strauss
Cesare Previti
l'arbitro Moreno
Letizia Moratti
Melchiorre Cirami
i Savoia
padre Pio
frate Indovino
Angelo Roncalli (Giovanni XXIII)
Lady Diana Spencer
Fidel Castro
Johnny Dorelli
san Crispino
Maria (la Madonna)
Sergio Citti
Gianni Alemanno
Marcello Veneziani
Franco Cardini
Averroè
Alessandra Mussolini
Guido Imi e Abel Sir
Mario Merola
Mulele
i fratelli Hoenschwantzen
Antonio Lo Ravaglio
Giovanni Gronchi
Annette Mbongo Smith
Gudrun Hitler
Dolores Pinochet
Francisca Franco
Quo Tse-tung
Altero Matteoli
Renato Schifani
la sorella di Previti
Joaquín "Besno" Gutierrez
Cosimo Cofanino
Gianfranco Fini
donna Assunta Almirante
Ozzy Osbourne
Mirko Tremaglia
Teodoro Buontempo
Claude Debussy
Leonardo Sciascia
Gesualdo Bufalino
Andrea Camilleri
Joseph Roth

il falsario viennese che forniva manoscritti inediti di Joseph Roth
Osama Bin Laden
le mogli di Bin Laden
Platinette
Tony Renis
la pecora Dolly
Gianni Agnelli
Hans von Kurkwiesenschtaller
August Landau
Marcello Pera
Stenio Marcovitz
Milko
Bastiano Otis
Artemia Cutrufo
Elena Ferrante
Margaret Mazzantini
Osiride van der Eulenpetterson De Catarina
Warren Beatty
Aldo Di Giacomo
Ercole Crassi
Ferdinando Magellano
Omero
Ulisse
Enea
Carlo d'Inghilterra
Dodi al-Fayed
una segretaria infedele di Previti
Bill Clinton
la moglie dell'autista del Perugia
Giovanni Trapattoni
Luciano Gaucci
Nando Carloni detto "er Boiler"
Ray Hodgson
Massimo Moratti
Nerone
Adriano Galliani
Giulio Tremonti
Sophia Loren
Fabrizio Del Noce
Gianfranco Vissani
Ersilio Tonini
Maurizio Gasparri
Flavio Cattaneo
Bruno Vespa
Alba Parietti
Paolo Crepet
Mogol
Anna La Rosa
le sorelle Popescu
Jerry Lewis
Mel Brooks
Mick Jagger
Giorgio Albertazzi
Vladimir Putin
Enrico Ghezzi
Luca Ronconi
Gei Ar
Augusto Martelli
Virginio Sbarbatis
i Frescobaldi
gli Antinori
Arnold Schwarzenegger
Donald Rumsfeld
Condoleezza Rice
Geremiah & Isaiah Hockney
Snortly
George Bush jr jr
reverendo Lazarus Watt
i dodici figli del reverendo Watt
Big Spoon Smitherson
il profeta Ezechiele
Fontolooza Price
Capinera Agnelli

Otaria Rattazzi
gli Agnelli
Peppe Elkann
i Nasi
i Grande Stevens
i Borromeo
Marilù Barba Cobolli
Wittenberg
Adriano Pappalardo
Ernesto Galli della Loggia
Giuliano Ferrara
Angelo Panebianco
Nino Manfredi
Yasser Arafat
Luciano Liboni (detto "Lupo Solitario")
Rocco Buttiglione
John Kerry
Umberto Bossi
Antonio Socci
Giorgio Gori
Franco Califano
Kylie Minogue
le Paoline
Licia Colò
Gesù
Carlo Rossella
Voltaire
Louis-Ferdinand Céline
Joseph Ratzinger (Benedetto XVI)
Massimo Cacciari
Sibillina Barba
gli Elkann
i Rattazzi
i Gabetti
i Santalbano di Santalbano
i Santalbano di Papò
i Montezemolo
gli Gnemmi
gli Gnommi
gli Staminer del ramo merovingio
gli Staminer di Casale Monferrato
i Pautasso di Helsinore
i Rebaudengo di Malta
lo scià di Persia
Soraya
Nasturzia Agnelli
il prozio Gigi Agnelli
Sergio Marchionne
Ciriaco De Mita
l'amministratore del Circo Medrano
Marco Pantani
Nuccia Cusumano (santa Eterologa)
i boss Morabito, Di Stefano e Cucurachi (detto "'o Refuso")
Bernardo Provenzano
Monica Lewinsky
Licio Gelli
Cristina Parodi
Clemente J. Mimun
Felipe di Spagna
Marco Materazzi
Calisto Tanzi
Bachisio Puddu
Totò Riina
Rosario Schifaci (detto "l'Imprevedibile")
Orso-Che-Tromba (poi Orso-Che-Non-Si-Permetterebbe-Mai)
Abramo Lincoln
Oliver "Ollio" Smith

Ella Fitzgerald
Willy McWillies
John Fitzgerald Kennedy
Jacqueline Bouvier Kennedy
Bob Kennedy
Ted Kennedy
Marilyn Monroe
Carlo Perego
Pupetta Scuogno
Diego Armando Maradona
il reverendo Joshua Moses
Miriam Kennedy
Fred Kennedy
l'autista dei Kennedy
George W. Bush
Miti Simonetto
Gianni Baget Bozzo
Laetitia Casta
il labrador di Bush
Michael Jackson
Cesare Battisti
Félix Guattari
M. Antonietta Macciocchi
Aldo Moro
Mario Marioni (detto "Sintesi")
Bernard-Henri Lévy
Gilberto Curcio
Renato Curcio
Sandra Kuberhauser
Filippo Strippa
Peter Sellers
Ranieri di Monaco
Grace Kelly
l'ayatollah Kalkalì
il rajah di Rawalpindi
la principessa di Lahore
il Gran Visir dei nomadi
Vittorio Filiberto di Savoia (detto "Vifì")
Stéphanie di Monaco
Caroline di Monaco
Saro Pelosi (detto "Lupo Solitario")
Jim Jones (detto "Lupo Solitario")
Sherlock Holmes
Carlo Taormina
Teo Mammucari
il reverendo Moses Tribulation
Buddy Loack (detto "Cataratta")
il generale Custer
l'ispettore Clouseau
Sandro Bondi
l'orso Yogi
Babbo Natale
Laura Bush
Dummy Bush
Sarah Bush
il Grande Quqbar
Afef Jnifen
Lawrence d'Arabia
Allah
Lee Oswald
Freddy Krueger
Karol Wojtyla (Giovanni Paolo II)
Trilussa
le gemelle Kessler
Giacomo Biffi
Gino Brembilla (detto "Lupo Solitario")
Gina Brembilla
Abdul Yussuf (detto "Lupo Solitario")
Gavino Porcu (detto "Lupo Solitario")

Gisella Cornaglietti (detta "Lupo Solitario")
Roberto Calderoli
Renzo Tramaglino
João Gutierrez
Gianni Minà
Ho Huang Chao
Charles O'Connor
la cognata di Fazio
Romano Prodi
Pier Ferdinando Casini
Claudio Baglioni
Stefano Ricucci
Alessia Merz
Valeria Marini
Lele Mora
il miliardario mafioso Buslatovič
Luigi Di Bella
Adolf Hitler
Michele Cucuzza
Pietro Pacciani
Benito Mussolini
Marilyn Manson
Linda e Sarah Lo Bianco
David Blutarsky
Mina
Tom Cruise
Vittorio Emanuele di Savoia
Tiziano Terzani
Guido Ceronetti
Poldo De Fumis
Christian Vieri
Marilù Bangadarang
El-Khardami
Burt "Merda" Lopez
Marco Tronchetti Provera
Brigitte Bardot
Pantaleone Cirò
Uccio e Pompeo Maddalona
Filippo Cocucci
Saddam Hussein
Yukio Mishima
la principessa Tuxxia di Oberon
Godzilla
Flavio Briatore
Nanuk (detta "la Vergine di ghiaccio")
Enzo Bianchi
Orio Podretti
Mario Ventimila
Puccio Antibaldi von Zeller
Cristiano Poveruomo
il reverendo Scott O'Hara
Abdul Fakir
il Dalai Lama
Adriano Sofri
Gianfranco Miglio
Bonvi
Charles Darwin
Michail Gorbaciov
Giorgio Napolitano
Camillo Benso conte di Cavour
Renato Vallanzasca
Giuseppe Saragat
Umberto di Savoia
Mario Scelba
Otto Hitler
Ferdinando Adornato
Mario e Maria Marioni
Fausto Bertinotti
Ursula De Moncado
Clio Napolitano
Carmelo Mirimegno
Luana Lumbardini
Bettino Craxi
Paolo Berlusconi

Piersilvio Berlusconi
Delmo Berlusconi
Marco Predolin
Valoroso Lo Duce
Winston Churchill
Filopante Camertosi
Giuliano Ferrara
Raffaele Guariniello
il figlio del procuratore Guariniello
Galileo Galilei
i Badalamenti
i Liggio
Antonio Fazio
Tim Pukhinpek
John Padborsky
Mark Ulbricht
Ronald Reagan
Lenin Bottazzi e la sua fidanzata Jessica
Richard Wagner
Louis De Funès
Laurence Olivier
Macbeth
Tabika Bobelson
Walter Veltroni
Philo Budder
Joanna Manilović
Amos Cobianchi Bianchi
Spiridiana Borromeo
i von Opel
Aga Khan
Miguel Arregui
Gwenda (al secolo Pierina Paoloni)
Vincent van Gogh
Carmine Schiantalapecora
il clan degli Schiantalapecora
il clan dei Santamadonna
il clan dei Giuffrella
Vannino Chiti
Pier Luigi Pizzaballa
Ursula Kennedy
Ethel Kennedy
Jimmy Kennedy
Henry Kennedy
Bing Crosby
Jack Stramucchio (detto "'u Ricchione")
il clan degli Stramucchio
Veronica Lario in Berlusconi
Marcello Dell'Utri
Enzo Biagi
Luciano Pavarotti
Malietoa Tanumafili
santa Chiquita
Raffaele La Capria
Clemente Mastella
Renzo Piano
la famiglia Panini
Gino Bruttoni
'Ntonio La Conocchia
Pedro "Pista" González
Federichino Orsobaldi Lacroix
Ciccio e Nonna Papera
Steven Spielberg
Peppe Cicerchia (detto "l'Onesto")
Vanessa Demon
Billy Kennedy
Max Kennedy
Theodore Kennedy
Vanessa Kennedy
Ramón Kennedy
George Kennedy
Teddy Kennedy

Sammy Kennedy
Jeff Kennedy
Lou Kennedy
Paffy Kennedy
Mary Kennedy
Leopold Kennedy
Groucho Kennedy
san Giovanni Decollato
Calogero Imperitore
il clan degli Imperitore
Michele Zarrillo
Girolamo Ucchiata
Maso Introietta (detto
    "'u Magru")
Anna Magnani
Aldo Capitini
don Milani
don Sturzo
Don Backy
Palmiro Togliatti
Franco Franchi e Ciccio Ingrassia
Beniamino Andreatta
Françoise Hardy
Silvio Piola
il Quartetto Cetra
Nilde Iotti
Primo Levi
Giulio Einaudi
Isabel Allende
Salvador Allende
Natalino Otto
G.W.F. Hegel
Friedrich Engels
Sandro Penna
Ernesto "Che" Guevara
Domenico Modugno
Eduardo De Filippo
Seneca
Rosa Luxemburg
Fausto Coppi
i fratelli Cervi
Giovanni Falcone
Bianca di Savoia
i Gracchi
Fernandel e Gino Cervi
Giorgio Strehler
Severino Gazzelloni
Enzo Ferrari
Socrate
la Madonna di Fatima
Giuseppe Di Vittorio
Joshua Kennedy
Massimo D'Alema
il capitano Kraut
il tenente Würstel
la famiglia Strangio
Maria Goretti
Alcide De Gasperi
Gino Bartali
Enrico Berlinguer
Karl Marx
Jimi Hendrix
Totò
Pier Paolo Pasolini
Pino Strangio
la famiglia Mammabella
la famiglia Carciofo
Luciano Pavarotti
Alfonso Strabuzzoni
Paolo Isotta
Ermanno Strabuzzini
Lucio Pavarozzi
l'Orchestra Casadei
la brunetta dei Ricchi e Poveri
Farko Uppta
il regista lituano Mavirius

Mikado Wakabe
Giuseppe Verdi
Joséphine Baker
la famiglia Gnimmete
la famiglia Gnommete
santo Curbizzu
santa Misuzza
la famiglia Uozzolo
Dante Alighieri
Francesco Petrarca
Calogero
Sergej M. Ejzenštejn
Mirko e Vanessa
Ursula Blank
Chan O'Hara
Naomi Klein
Noam Chomsky
Bepi Roderigo
Kurt Heinzwaffer
Bernard Matisse
Calogero Ramacchioni
Emmanuele Citrico
Marcel Proust
William Shakespeare
Plitennestro
Miguel de Cervantes
Lapo Elkann
Amedeo Emanuele di Savoia
gli Aosta-Tangenziale
Alberto Tomba
Fausto Coppi
i Dik Dik
Gugo Misuretti
Giuseppe De Rita
Sabrina, tutor dello IESO
Napoleone
Nilla Pizzi
Orazio e Clarabella
Fiorenzo Bava Beccaris
Udo Kraut
Popescu
Jimmy Fontana
Silvana Mangano
Silvio Maccarenti Mozzi Pivaglio Corioni Stupazzi
J.K. Rowling
Pinko
Euphemia
Baltazar
Karl
Ginepra
William
Gina Lollobrigida
il nuovo Maciste
Cesare Borgia
Tomás de Torquemada
Elton John
Davy Crockett
i Borbone
Bill Gates
Paperino
Homer Simpson
Harry Potter
il sarto di Paolo Poli
Yurk e Bark
Edo Minutelli
Kiko Figurelli
Miro Fumagalli
Giuseppe Garibaldi
Antonio Gramsci
Cocco Bill
Paolo Guzzanti
Mario Scaramella
Pierluigi Battista
Amintore Fanfani
Claretta Petacci
Uosper

Mivgaòl
Vermaster
Kowox, figlio di Pallumen,
re dei Bersopez
Rachele Mussolini
Giuseppe Ungaretti
Rino Strangio
Geno Fumagalli
Dado Canobini
Lance Armstrong
Chisco
Augusto Maribò
Ezio Eziandio
Carlo Zanardi Zanetti
Rossetti
don Mirko Felicori
Attilio Stramazzoni
Giovanni Sbifagno

Taddeo
Clarissa
Gigi
il professor Gnaffer
il re di Milpanwore
lo stregone Uz
il gran sacerdote Pakimpoh
la rana gigante Xenilla
l'oste Macillus
Blork, l'orco mellifluo
Gustava, regina delle Fate
Oswaldo, re degli Snorrer
il centauro Gozillo
Jolanda, il bidello transessuale
l'Idraulico
il Lattaio
il Gasista
un Pompiere

Ringraziamenti

Tutti i materiali contenuti in questo libro, riveduti e riassemblati, sono tratti dalla mia rubrica *Satira preventiva*, pubblicata ogni settimana su “L’espresso” da sei anni a questa parte.

Quando il direttore Daniela Hamaui mi chiese di tornare alla scrittura comica ebbi molte esitazioni. Consideravo chiuso il fortunato ciclo di “Tango” e “Cuore”, esaurita la mia vena “giovanile”. Valutavo l’umore satirico tipico dell’adrenalina politica di anni ormai lontani, un umore che non poteva più stillare dalla (presunta) pacatezza della (presunta) maturità. E forse – peggio – mi consideravo inesorabilmente, definitivamente consegnato al ruolo di giornalista autorevole e pensoso.

Fortunatamente, sbagliavo. Se la prestanza polemica, con gli anni e con i dubbi, può anche scemare, aumentano però il senso del ridicolo e la percezione del limite: sono entrambi una conquista dell’età adulta. E sono gli ingredienti decisivi dell’istinto comico. La vita può anche apparire via via meno “politica”, ma certamente appare sempre più comica. Per questo, tornando a fare satira, mi è capitato di appassionarmi meno ma di divertirmi di più, e addirittura di ridere, come gli sciocchi, di quanto stavo scrivendo, ridere da solo, e per giunta felice di farlo. Uno spettacolo comico in sé.

Grazie dunque all’“Espresso”, a Daniela Hamaui e ad Antonio Ramenghi per avermi convinto di non essere ancora un buffone pensionabile.

Grazie ai ragazzi della Feltrinelli, Alberto Rollo in quanto capo, Fausto Vitaliano e Giovanna Salvia in quanto miei commilitoni: senza di loro la pigrizia mi avrebbe sopraffatto, la pigrizia è l'unico sentimento in grado di debellare la vanità.

Grazie infine ai (tantissimi) lettori delle mie cose comiche che mi hanno aiutato a non smettere di scrivere, comunicandomi il loro divertimento e spesso ridendo con me. La vanità è l'unico sentimento in grado di debellare la pigrizia.

Siate felici, e se non ce la fate cercate almeno di essere allegri. Mi permetto di dissentire dal maestro Fo: non è vero che "il nostro piangere fa male al Re". È il nostro ridere che gli fa davvero male.

maggio 2008

Michele Serra

INDICE

Stampa Grafica Sipiel
Milano, giugno 2008